बियाबान में

कहानी-संग्रह

बियाबान में

सारा राय

राजकमल प्रकाशन

ISBN : 978-81-267-1079-9

मूल्य : ₹399

पहला संस्करण : 2005
दूसरा संस्करण : 2019

प्रकाशक : राजकमल प्रकाशन प्रा. लि.
1-बी, नेताजी सुभाष मार्ग, दरियागंज
नई दिल्ली-110 002

शाखाएँ : अशोक राजपथ, साइंस कॉलेज के सामने, पटना-800 006
पहली मंजिल, दरबारी बिल्डिंग, महात्मा गांधी मार्ग, इलाहाबाद-211 001
36 ए, शेक्सपियर सरणी, कोलकाता-700 017

वेबसाइट : www.rajkamalprakashan.com
ई-मेल : info@rajkamalprakashan.com

मुद्रक : बी.के. ऑफसेट
नवीन शाहदरा, दिल्ली-110 032

BIYABAN MEIN
Short stories by Sara Rai

असलम के लिए

बियाबान में

अनुक्रम

कथा

संस्मरण

कथा

अमरवल्लरी

'मैक्वायरी' का भी सौदा आख़िर पट गया। वह उजड़ा हुआ बदनाम हाता, जो अपने घने अँधेरों की फ़ौज लिए न जाने कब से शहर के सम्पन्न संयोजित इलाके की जगमगाहट को चुनौती दिए हुए था, विकास के रास्ते पर तेज़ी से बढ़ते हुए शहर को वापस अराजकता और अव्यवस्था की दिशा में बड़ी मुस्तैदी के साथ घसीट रहा था। शहर के बीचोबीच अँधेरे और रहस्य के पूरे चार एकड़। आख़िर, शहर के और बँगलों की तरह यह भी बिक रहा है। अंग्रेज़ों के जमाने में बने यह सभी मकान एक-एक करके ताश के पत्ते के घरों की तरह गिर रहे हैं। सो, 'मैक्वायरी' भी।

रात को साइकिल चलाते हुए 'मैक्वायरी' के सामने से गुज़रो तो पैर खुद बखुद पैडल पर ज़्यादा तेज़ी से चलने लगते थे, फिर भी पीछे मुड़-मुड़कर उस टूटी हुई चहारदीवारी के अन्दर झाँकने का लोभ त्यागना आसान नहीं था। चहारदीवारी के अन्दर अँधेरे में विचरते आकारों को बूझने की इच्छा हर बार उसी तरह से मन में उठ आती थी। बरगद के काले साए के नीचे क्या कोई आदमी बैठा है या कि वह झाड़ी है या, भगवान न करे, दूसरे लोक का कोई प्राणी? रात को गाँजे की मीठी खुश्बू हाते में उठती है। चिंगारियाँ जलती हुई दिखती हैं जो लाल पंखुड़ियों की तरह हवा में बिखर जाती हैं। कौन नहीं जानता कि बरसों से इस उजड़े हुए हाते के अन्दर शहर के आवारा और बदमाश, सभ्य समाज से निष्कासित लोग, शाम को ताश के पत्ते और सस्ती दारू की पन्नियाँ लेकर जमा होते हैं। चौपड़ जमती है। समाज के हाशिए के अन्दर रहनेवाले सम्मान्य, सज्जन लोग इस तरफ़ रुख़ नहीं करते।

हममें से जो ज़्यादा पुराने हैं, उन्हें याद है 'मैक्वायरी' के दूसरे दिन, जब वीराना उस पर हावी नहीं हुआ था। जब वह साफ़-सुथरा, नियन्त्रित था। लालमणि वर्मा, पुराने वकील के दिनों में। लालमणि वर्मा, अंग्रेज़ के बाप। लग्गी की तरह लम्बे, सिर पर 'बोलर हैट,' हाथ में बेंत और मुँह पर ताला; शाम को वह टहलने निकलते थे तो उनके पास जाकर बात करने की किसी की हिम्मत नहीं होती थी। उनके इर्द-गिर्द दूरी और सन्नाटे का एक घेरा बना रहता था। वह कब बोलते थे ? निजी तौर पर किसी को इसका ज्ञान न था। वह कवच के अन्दर रहनेवाले आदमी थे। पत्नी की मृत्यु के बाद वह 'मैक्वायरी' में अपने बड़े से 'लैब्राडोर' कुत्ते के साथ रहने लगे थे । साँझ को उनका तन्हा आकार रोज़ कैंट की तरफ़ जाता हुआ नजर आ जाता था। दिन पर दिन वह अपने में और समाते चले गए थे, ऐसा लोगों का कहना था। यहाँ तक कि फिर उनका बाहर दिखना भी बन्द हो गया। और एक शाम, या कौन जाने सुबह या दोपहर को उन्होंने मन के किस उबाल में अपने को छत की धरणी से टाँग लिया, जहाँ दूधवाले ने दूसरी सुबह उन्हें लटका हुआ पाया। उनकी मौत का रहस्य कभी नहीं खुला, बल्कि धुँए की तरह हमेशा बँगले पर छाया रहा।

रहस्य कभी नहीं खुला मगर इसका मतलब यह नहीं कि उसको लेकर सैकड़ों कहानियाँ नहीं गढ़ी गईं जो बरसों तक शहर में फुसफुसाई गईं। इन कहानियों ने शहर के बाशिन्दों की कल्पनाशक्ति को पूरी तरह अपनी गिरफ्त में कर लिया, बहुत दिनों तक। यहाँ तक कि बूढ़ा मुरली अब कस्में खाता है कि 'मैक्वायरी' के बियाबान फैलाव में बकरियाँ चराते हुए उसने लालमणि वर्मा की लाश पीपल से लटकती—ज़्यादा दूर नहीं, सिर्फ़ सौ गज़ की दूरी पर अपनी आँखों से देखी है। जबकि लाश तो पीपल पर नहीं, कमरे के अन्दर पाई गई थी। लाश असली थी या सिर्फ़ उसके घबराए हुए दिमाग़ का फ़ितूर, उसकी चीख़ दिल दहलानेवाली थी, जो इतने बरसों बाद भी ख़ामोश होकर समय के किसी जाल में अटक गई है। शाम को दोस्तों और कुनबे के बीच वह उस मंज़र का बयान करता है तो आज भी रोंगटे खड़े हो जाते हैं।

सुना गया था कि लालमणि वर्मा ने 'मैक्वायरी' को किसी एमिली जॉनसन से ख़रीदा था। बँगले के तिकोने माथे पर तारीख सीमेंट के हरफ़ों में अब भी लिखी है—1911, काई और कालिख में छुपी हुई। तभी से बँगला

मौजूद है। तब के उसके हरे लॉन और फूलों की क्यारियाँ, अमरूद और आम के बाग़ात, बगीचे के तब एकदम किनारे खड़े ऊँचे पेड़, अवचेतन के विचारों की तरह। जो धीमे-धीमे करके सारे हाते पर हावी होते गए, यहाँ तक कि जंगल ने आख़िर बँगले को अपना लिया जैसे वह बरसों से गुमराह उसका बच्चा हो।

रविशों पर घास उगने लगी, करीने से कटे लॉन पर नागर मोथे ने घर में घुसे भेदी के दाँव-पेंच के साथ काबू पा लिया; सरो, जबाकुसुम और इन्द्रबेला को अमरवल्लरी ने आलिंगन में कस लिया। अमरवल्लरी, वह शाश्वत की प्रतिनिधि जो हर पेड़, हर झाड़ी, हर डाल पर चढ़कर फैल जाती है और चढ़कर फिर कभी नहीं उतरती, कभी नहीं मरती। जो धरती से न उपजे तो भी हर जगह हो जाती है, हर चीज़ से जन्म लेती है, हवा से, पानी से, आसमान से, चिड़िया से, कुछ-भी नहीं से। 'मैक्वायरी' के चार आज़ाद एकड़ों पर अमरवल्लरी रातोंरात फैल गई। नीम और शीशम और जामुन, पाकड़ और पीपल और पलाश ने भी अपने-अपने गणतन्त्र क़ायम किए। ऊपर का आकाश डालों से घटाटोप हो उठा और ज़मीन पर बरगद ने जड़ों के महल खड़े किए, कई-कई महल, एक-दूसरे की अनुगूँज की तरह। देखते-देखते वीरान बँगले पर जंगल का सिक्का जम गया। लोमड़ी, सियार और साही जो बँगले के दूसरे दिनों में अपने को लिए-दिए रहते थे, राहजनों की तरह खुले खजाने निकलकर टहलने लगे और चाँदनी रातों पर हुक्का-हुँआ कि आवाज़ें सड़क पर चलनेवालों को भी सुनाई देने लगीं। और पक्षी तो खैर हमेशा से थे, बाज और हरियल और धनेष, ज़मीन और आसमान की खबर रखते हुए।

'मैक्वायरी' अब किसका है, यह भी मामला कुछ अस्पष्ट है। लालमणि वर्मा के बच्चे नहीं थे। कैलाश बनिया, जो इस इलाके का 'पुरनिया' है, बताता है कि उनका एक भतीजा है, विलायत में कहीं—वह भी अब ख़ासा बूढ़ा हो चुका होगा। वह क्या लौटेगा। इस बीच त्यागी नाम का एक बदमाश अपने को लालमणि वर्मा का मुँहबोला बेटा कहने लगा है और यह भी सुनने में आया कि नगर विकास प्राधिकरण में कुछ गड्डमगोल करके उसने बँगला अपने नाम करवा लिया है। चिकना चुपड़ा, जबान में शीरीनी घोले न जाने कहाँ से टपक पड़ा है इतने बरसों बाद। वही है जो 'मैक्वायरी' को बेच रहा है। जब से सरकार ने ज़मीन से ताल्लुक रखते क़ानून बदल

दिए, ज़रूरी रकम अदा करके 'लीज़होल्ड' ज़मीन 'फ्रीहोल्ड' में बदल ली गई है और कीमतें आसमान छूने लगी हैं। पूरा शहर ही जैसे बिक रहा हो। हर तरफ़ इश्तहार और ख़रीदारों की आवाजाही। दलालों की रोज़ी चल पड़ी है और जहाँ शहर का खुला हवादार फैलाव था वहाँ ऊँची इमारतें राज़दारों की तरह सिर जोड़े खड़ी हैं।

जो 'मैक्वायरी' में कभी गया ही नहीं, वह उस जगह के जादू को क्या जानेगा। संयोजित जाने-बूझे शहर के बीचोबीच वह एकमात्र अनजान का दायरा जिसके बीहड़ सन्नाटे ने वक़्त-वक़्त पर मोहल्ले के सभी लड़कों को और लड़कियों को भी, कभी-कभी, चुम्बकीय आकर्षण के साथ अपनी ओर खींचा है। घनी लंटाना की झाड़ियों के बीच से रास्ता तराशता, तेज़ी से धड़कता दिल लिए वह वहाँ पहुँचा है तो जगह को पहले से आबाद पाया है—काँटे पर अटका रूमाल, कान से कान तक मुस्कुराता फिंका हुआ जूता, फटी हुई नीली कमीज़, आम के नीचे जल-वनस्पति से उलझे पोखर में तैरता अलमुनियम का चम्मच—ऐसा नहीं कि यहाँ कोई नहीं आता।

फिर चिपकनेवाली घास और 'चुटपुटिया' झँकाड़ पर पैर खरोंचता—चिकनी खाल पर माणिक की लड़ी—वह दूसरे छोर पर पहुँचता है। कितनी उलझी हुई लम्बाई—चार एकड़, जब वह अंकों की सीमा में बाँध दी गई—मगर तब बचपन के दिनों जितनी ही लम्बी। इमला की मोटी डालों के बीच छुपकर वह पढ़ता है, किताबें रोमांच से भरी, जो घर में मना है, और वक़्त ठहर जाता है। फिर स्कूल से, जहाँ के नीरस रुटीन से उसने एक दिन चुरा लिया है, और लड़के लौटते हैं और साइकिल की घंटी उसे दूर से सुनाई दे जाती है, वह डालों से उतरता है, जैसे कि माँ की गोद से, और साइकिलवाले 'गैंग' के साथ हो लेता है।

वह गैंग कब का तितर-बितर हो चुका। कोई देश के उस कोने में, कोई दुनिया के। जो शहर में रह गए, वह भी कम मिलते हैं। उन दिनों की तरह नहीं जब खिड़की के बाहर धीमी सीटी की आवाज़ 'मैक्वायरी' के ख़तरों से भरे जंगल के बीच मिलने का न्योता होता था। वह जो कहीं नहीं गया, जो शहर में रह गया, बीसों साल बाद घुटने पर लगी पुरानी चोट के आकार में 'मैक्वायरी' के जंगल को ढूँढ़ता है, और जंगल के भीतर उस इन्द्रधनुषी गेंद को जो किसी प्राचीन दोपहर में उसने वहाँ खोई थी। जो दूर उछलकर झाड़ियों में जा गिरी थी और हरे के अंदर हरे के अंदर हरे के अंदर हरे में

वह ढूँढ़ता चला गया था; आज भी हरा रंग देखकर वह कुछ देर सन्नाटे में चला जाता है। नहीं मिली थी गेंद मगर अचम्भे से साँस खींचकर उसने पाया था अमरवल्लरी से ढकी झाड़ी के नीचे बिछी चाँदनी की चादर। पंखेनुमा पंखुड़ियोंवाले सफ़ेद फूल अकेले में ज़मीन पर बिखरे हुए।

झुटपुटे के वक़्त छुपनछुपाई खेलते में वह घंटों तक अमरवल्लरी में उलझा है, टूटी टहनियों से टकराया है और सूखे पत्तों की खड़खड़ाहट के पीछे साँसों को पकड़ने की कोशिश करता रहा है। हर झाड़ी में आँखें हैं, टाँगें और हाथ और जंगल के बीच अकेला खड़ा, साथियों को ढूँढ़ने में असफल, उस लम्बे क्षण की हार को वह अपनी त्वचा के नीचे आज भी महसूस करता है। और वही क्षण क्यों, वह जगह ही ऐसी है कि पूरी की पूरी उसके मानस में घुसी बैठी है, किसी आत्मीय ज्ञान की तरह।

उन साथियों में से कुछ कभी-कभार दिख जाते हैं, किसी जलसे में या स्कूल में जहाँ वे बच्चों को पहुँचाने या लेने आते हैं। उस स्कूल में जहाँ वह भूगोल का अध्यापक है और बच्चों को दक्षिण अमेरिका में ओरिनोको नदी के बारे में पढ़ाता है। ओरिनोको के तट पर घने जंगल जिनकी ज़मीन से पत्थर के पठार सिर उठाते हैं, पाषाण मुणियों की तरह। मगर जंगल के नाम से उसे वही वीराना याद आता है—'मैक्वायरी।' और जानता है कि साथियों के उम्र की चर्बी से गोलमटोल चेहरे के मुखौटों के नीचे वह मुलाक़ातें और खेल और अमरवल्लरी अभी मौजूद है क्योंकि अमरवल्लरी कभी मरती नहीं।

बाद में, बहुत बाद में, बदनाम 'मैक्वायरी' का नाम बदनाम इन्द्रानी से भी जुड़ गया। जिसको सुनसान दोपहरों में अकसर उजाड़ हाते के अन्दर जाते देखा गया—हमेशा किसी नए के साथ। उसका जल्दी से सिर घुमाकर इधर-उधर सड़क पर देखना और झट से झाड़ियों में लुप्त हो जाना। इन्द्रानी, जिसकी माँ ने बचपन में ही, ग़रीबी के कारण उसे अनाथाश्रम के हवाले कर दिया और वह 'मैक्वायरी' के जंगली पौधे की तरह बढ़ती रही, बिना किसी रोक-टोक के। वह किसी के भी साथ जाने को तैयार हो जाएगी, ऐसी अफवाह थी, उसके बारे में। उन्हीं दिनों बरगद के नीचे मैले चिथड़े में लिपटी पाई गई कुछ दिनों की बच्ची के खड़े नाक-नक्शे को चोरी-छिप्पे देखकर मोहल्ले के छैलों ने अपने को आश्वस्त किया कि कहीं शक्ल उनसे तो नहीं मिलती। क्या हुई वह बच्ची और कहाँ गई इन्द्रानी आख़िर में, कोई नहीं था जो तफ़तीश करता।

और तीन गोलियाँ हवा में फायर की थीं शेर अली ने जब वह 'मैक्वायरी' की चहारदीवारी एक छलाँग में साफ़ लाँघता हाते में घुसा था। पुलिस उसे बेतहाशा खदेड़ती हुई पीछे-पीछे आई पर 'मैक्वायरी' का जंगल तो उसका जाना हुआ इलाका था, मिनटों में वह हुर्र हो गया। शेर अली गुंडा जो ग़रीबों के मददगार की तरह मशहूर था और जो किसी सेठ का खून करके भागा था। छान मारा पुलिस ने "मैक्वायरी" को मगर शेर अली तो जैसे छूमन्तर हो गया था। उसकी तीन गोलियों के जलते धुँए की बू और कड़ाकेदार आवाज़ हो न हो 'मैक्वायरी' की फ़िजा की तहों में अब भी कहीं दबी पड़ी है। स्कूल जाते में वह 'मैक्वायरी' के सामने से गुज़रता है तो बचपन की एक धुँधली-सी छवि उसकी आँखों में उभरती है। 'मैक्वायरी' के बाहर पुलिया पर बैठा बीड़ी पीता शेर अली, बुर्राक सफ़ेद मलमल का कुर्ता, घनी और नर्म मूँछें, पैनी आँखें, गोरा-चिट्टा। सभी को मालूम था कि वह अफ़ग़ान है।

'मैक्वायरी' के बिक जाने की खबर पाते ही आसपास के अपार्टमेंट्स में रहते लोगों ने चैन की साँस ली है। रात को वे ग़फ़लत से सो सकेंगे, अब उनका दिल हर अनजानी आवाज़ पर नहीं धड़केगा, हर खटके पर वह बिस्तर में कड़बड़ाकर नहीं बैठ जाएँगे। और वह घना अँधेरा 'मैक्वायरी' की हदें पार करके उनके घरों की तरफ़ तो नहीं बढ़ेगा, जैसे कोई विशाल रोशनाई की बोतल उलट गई हो और स्याही उन्हीं की तरफ़ बहती चली आ रही हो। अब वह सन्दिग्ध हाता साफ़ कर दिया जाएगा; वह हाता जो एक बड़े-से प्रश्नचिन्ह की तरह उनके दुःस्वप्नों में बार-बार लौटता है। आख़िर इस घर में रात के अँधेरे में क्या कारगुज़ारी होती है। इतने अँधेरे में, साँप-बिच्छू से डरे बग़ैर तो सिर्फ़ चोर-उचक्के ही फिर सकते हैं। दो नम्बर का ही काम यहाँ हो सकता है। चलो, क़ानूनपसन्द मध्यवर्ग के पड़ोसियों को इन बेहूदगियों से तो निजात मिलेगी।

सुना है अब यहाँ कमर्शियल कॉम्प्लेक्स बनेगा। ऊँची-ऊँची जगमगाती हुई 'हाई राइज़' इमारतें जिनकी शीशे की दीवारें आईना बनकर आसमान को ललकारेंगी। ढेरों दफ़्तर इनमें खुलेंगे, शॉपिंग मॉल भी और सिनेमा घर और बरिस्ता और मैकडॉनल्ड और डिस्को। बड़े शहरों की सभी सहूलियतें जिनके लिए इस शहर के निवासी तरसते थे अब उनकी पहुँच के दायरे में आ जाएँगी। रोशनियों की बारात में वह अजनबी अँधेरे कभी लौट न सकेंगे

और न ही आर.सी.सी. के पक्के रास्तों पर घास का एक तिनका भी सिर उठा पाएगा। तो फिर बुलडोज़र आएँगे, आरा मशीनें और ट्रकें जिनमें ईंटे-गारे, लोहे-लक्कड़ का मलबा भर-भर के यहाँ से जाएगा। पुराने और विशाल पेड़, ढाई-ढाई फुट चौड़े तनेवाले, दर्दनाक कराह के साथ गिरेंगे और उनके गिरने से भूचाल ही बस आ जाएगा। तनों की बोटियाँ की जाएँगी, अन्दर से लहू के रंग की, जो ट्रकों पर लदकर रवाना होंगी और कुछ दिनों तक हवा में कटी लकड़ी और कुचले पत्तों की बू के अलावा कुछ न होगा।

मगर इन सबके बावजूद, जब आख़िरी पेड़ का आख़िरी पत्ता यहाँ से हटा दिया जाएगा, अमरवल्लरी कहीं पर आज़ादी से फैलती रहेगी; अमरवल्लरी जो 'कुछ भी नहीं' से हो जाती है और कभी नहीं मरती। रोशनी और जगमगाहट की एक मंजिल से दूसरी मंजिल तक सफ़र करते हुए शहर के निवासी कुछ देर ठिठकेंगे और पाएँगे कि मन के आदिम अँधेरों में अमरवल्लरी ने अपनी जगह ढूँढ़ ली है। क्योंकि अमरवल्लरी तो ऐसी ही होती है, वह मरती ही नहीं।

परिदृश्य

रात एकदम से हो जाया करती थी और बैंगनी आसमान झुककर नीचे के सायों को छू लेता। अँधेरे में कई रंगों की कालिमा होती थी। इमली के दरख़्त के नीचे काही मख़मल होता था जिसमें जुगनू रुपहले सितारे टाँक देते थे। जामुन के नीचे का अँधेरा जामुनी रंगत लिए होता, आम की सूखी डालों पर सुरमई राख ठहर जाती, खुले आसमान में तारे नीचे लटक आते और वहाँ के अन्धकार में, जो किसी पेड़ के नीचे नहीं था, एक उजलापन, एक हल्कापन झलकता था। पेड़ों की पत्तियाँ रात में बड़ी होकर अपने ही आकार के अँधेरे को दूर, सुदूर पेड़ों की शाखों पर लोक लेतीं; घास अपने ऊपर स्याह लकीरें खींच लेती और पक्षी अपने घोंसले के आकार के अन्धकार में दुबक जाते।

अँधेरे का पूर्ण राज्य होता था। हमारे घर के सामनेवाली सड़क के अन्तिम छोर पर कभी-कभी एक मद्धिम बल्ब की पीली रोशनी टिमटिमाती थी जो अन्धकार को बेधती नहीं, आसपास की तारीकी को और गहन कर देती थी। पहचाने आकार दिखते नहीं थे। साइकिल और रिक्शे के आने को पहले कान और फिर चेतना महसूस करती थी। अँधेरा एक संसार था; मेढकों के शोर, उल्लू के ख़ामोश पंख, झींगुरों की सारंगी और टिटिहरी की आकस्मिक पुकार से जीवन्त। कभी-कभी सियारों का ग़ोल घर के अहाते में आ जाता था और उनका विलाप रात के सीने को चीरता हुआ देर तक हवा पर ठहरा रहता था।

उन दिनों के बारे में सोचती हूँ तो वह इसी तरह याद आते हैं, स्याही में लिपटे हुए। रात दिन से ज़्यादा बड़ी और उस पर हावी। पर रात और

दिन दोनों ही कलौंछ लिए हुए, किसी भी तरह की घटना से ख़ाली। और सारे माहौल पर छाई हुई रात की रानी की बोझिल-सी खुशबू, अतलसी चादर की तरह शीतल, सब चीज़ों में बस वही एक स्पृश्य। शायद जिसे मैं याद कर रही हूँ वह दिन था न रात, न समय न स्थान बल्कि मेरे भीतर का, मेरे मिज़ाज का ही रंग—ऊबा हुआ, आत्मलीन, इन्तज़ार करता हुआ। मुझे किस चीज़ का इन्तज़ार रहता था ?

रात होते ही कमला आकर पूछती थी—"बहूजी, किवाड़ बन्द कर लूँ ? कोई आएगा तो नहीं ?" इस पर माँ कहतीं, "नहीं, ज़रा देर रहने दो। शायद कोई आता हो !" जिस पर कमला कुछ देर खड़ी उन्हें थोड़ी बेज़ार नज़रों से देखती रहती; कमला जिसको हमारे यहाँ बरसों से काम करने के बाद हमारे किए पर अपनी राय देने की अनकही इजाज़त मिली हुई थी। कमला जानती थी, जैसा कि मैं भी जानती थी, और माँ हम सबसे बेहतर जानती थीं कि अब इस वक़्त कोई नहीं आएगा। फिर भी इन्तजार की एक स्थिति बनी रहती थी; जाने कौन आ जाए।

मेरे लिए यह इन्तज़ार उस वक़्त, उस मौजूदा घड़ी से कहीं ज़्यादा बड़ा सवाल था। वह मेरे होने का, मेरे अस्तित्व का ही एक अंश था। मुझे हर पल, हर घड़ी किसी चीज़ का इन्तज़ार रहता था। मुझे अपनी सोलह साल की उम्र की अस्पष्टता के साथ यह नहीं मालूम था कि वह क्या चीज़ है पर मुझे लगता था कि किसी भी वक़्त, आज, अभी, कुछ ऐसा घट सकता है जो मेरे लिए महत्त्वपूर्ण होगा, जो मुझे अपने भीतर से बाहर खींचकर कोई ऐसी राह दिखा देगा जिसे मैं फ़ौरन पहचान लूँगी कि यही मेरा चुना हुआ रास्ता है। मुझे प्रतीक्षा थी कि ज़िन्दगी कोई पूर्वनिश्चित चाहे मेरे लिए अज्ञात भूमिका तय करके मुझे एक तिलिस्मी घेरे में खींच लेगी—मुझे अपने आलस्य से, अपने निरन्तर घटनाहीन जीवन से चिढ़ हो गई थी। किसी संगीत मंडली में श्रोता की तरह मैं गायन शुरू होने का बेसब्री से इन्तज़ार कर रही थी।

इम्तहान के दिन थे—मैं स्कूल के आख़िरी साल में थी। मार्च का महीना था। दोपहर के चार बजे से अपने इतिहास, भूगोल और स्वास्थ्य शास्त्र के 'नोट्स' से भरे रजिस्टर लेकर मैं घर के बाहर निकल आती। घर और फाटक के बीच बनी लम्बी कंक्रीट की सड़क पर आगे-पीछे टहल-टहलकर मैं दिमाग़ में बैठाने की कोशिश करती कि 1857 के संघर्ष में क्या हुआ था,

बंगाल का विभाजन कब और क्यों हुआ, नमक सत्याग्रह क्या था, भारत में औद्योगीकरण ने गति क्यों नहीं पकड़ी ? वग़ैरह। भूगोल और स्वास्थ्य शास्त्र के अपने मसले थे; लो प्रेशर एरिया क्या और क्यों होता है, टुंड्रा में किस प्रकार की वनस्पति पाई जाती है, रेगिस्तान कैसे बनते हैं, रक्तचाप क्या होता है और रक्त के संचार के बारे में सबसे पहले हमें किसने जानकारी दी ?

इसी तरह के दसियों प्रश्न दिमाग़ की ऊपरी सतह को छूकर निकल जाते थे। कभी पढ़ते-पढ़ते घोर निराशा होती थी—दूसरी जगह पर, दूसरे समय में घटी इन बातों के बारे में पढ़कर दिमाग़ छलनी हो गया था; रात को याद करके सोती तो सुबह स्लेट साफ़ मिलती। इतनी दूर, इतनी अप्रत्यक्ष घटनाओं में दिलचस्पी नहीं जाग पाती थी; मैं तात्कालिक के लिए तरसती थी। इम्तहान के दिन अनन्त और अपना जीवन अन्धकारमय लगता। टहलते-टहलते मैं उस बूढ़े इमली के पेड़ के पास आकर ठिठक गई जो अपनी दानाई का साया हमारे घर और उसमें रहनेवालों पर फैलाता था। उसके तने की चौड़ाई दो-ढाई फुट थी—उसकी जड़ें धरती में कितनी नीचे तक गई होंगी ? मेरा ध्यान पढ़ाई से हटकर जड़ों और धरती के नीचे उनके फैलाव की ओर खिंच गया। थोड़ी देर के लिए इस कल्पना से मेरे विचलित मन में स्थिरता उतरती हुई महसूस हुई।

दिन ढल रहा था। मैंने देखा दूर, घर के पीछेवाले फाटक पर एक रिक्शा अन्दर आकर रुका। रिक्शे से दो लोग उतरे। एक कम क़द और थोड़े भारी जिस्म की औरत जो अपनी वज़ा-क़िता से अधेड़ उम्र क़ी लगती थी—उसे रिक्शे से उतरने में थोड़ी दिक़्क़त हुई। और एक सलवार-कुर्ता पहने लड़की जो रिक्शे पर से किसी सामान को उठाती हुई औरत के पीछे-पीछे चलकर बरामदे की सीढ़ियों से होती हुई घर के अन्दर चली गई। होंगे कोई माँ के मिलनेवाले, सोचकर मैं छत पर जाते हुए जीने की ओर बढ़ गई। माँ हम बाक़ी परिवारवालों की बनिस्बत काफ़ी मिलनसार थीं और उनसे मिलनेवाले बीच-बीच में धमक पड़ते थे। कभी उनके साथ कॉलेज में पढ़ी हुई पुरानी सहेली होती, कभी कोई दूर-दराज के रिश्तेदार और एकाध बार उनके मेहमान ऐसे भी आ चुके थे जिनसे उनकी मुलाक़ात संयोगवश किसी बाज़ार में या ट्रेन में हो गई थी। जब भी ऐसा कोई आता दिखता तो भैया और मैं वहाँ से हट जाते थे क्योंकि हम लोगों से मिलना ज़्यादा पसन्द नहीं करते

थे। बाबा भी नाक-भौं सिकोड़कर अपने कोने में घुड़मुसा जाते। भैया और मैं दोनों ही बाबा पर पड़ गए थे। माँ हमें 'आदमबेज़ार' कहती थीं।

मैंने जीने के पास अपनी किताबें रख दीं और ऊपर चढ़कर अपने पुराने से घर की छत पर पहुँच गई। हमारा घर कैंटोनमेंट, यानी छावनी के इलाके में था। 1912 में अंग्रेज़ों का बनाया हुआ कलोनियल ढंग का घर। ऐसे घर शहर के इस हिस्से में बहुत दिख जाते थे—कई तलों पर बनी हुई छत, बहुत सारे खिड़की-दरवाज़े, घर के आगे और पीछे हवादार बरामदे और बरामदों में सफ़ेद खम्भे जो किसी विशाल हाथी के पैरों की याद दिलाते थे। घर के चारों तरफ़ बहुत बड़ा-सा अहाता था और उसमें ढेरों पेड़। हमारा घर सड़क पर आख़िरी घर था। उसके बाद और घर नहीं थे।

दूर, मगर बहुत दूर नहीं, जहाँ मैं छत पर बैठकर देख सकती थी, गंगा नदी का कछार शुरू होता था। कछार गर्मी के महीनों में दूर तक फैला हुआ, धूल से भरा ख़ालीपन का प्रतीक बन जाता था और नदी किनारे पर सिकुड़कर अपनी ही स्मृति मालूम देती थी। बरसात में यही कछार एक लहराते हुए हरे परचम में तब्दील हो जाता था। कछार का सुनसान फैलाव मेरे लिए सम्भावना का रूपक बन गया था। समय, स्मृति, सृष्टि ही—मेरे लिए वहाँ शुरू होते थे। छत पर बैठकर उधर देखती हुई मैं हज़ारों बार कछार को बसाती थी। जैसे प्राचीन शहर बार-बार बने और बिगड़े हैं, कछार के समतल विस्तार में कभी उफनता समुद्र हो जाता था जिस पर बड़े-बड़े धुँधले स्टीमर दूर देश के लिए तैर जाते थे; जहाँ चीलें अपने नुकीले पंजों से चट्टानों को पकड़े बैठी रहती थीं। कभी वह कैक्टस से आबाद रेगिस्तान बन जाता या रंगीन आसमान के नीचे फैला कोई गुंजान शहर। वहाँ बैठकर अँधेरे की बारीकियों पर ग़ौर करना भी मेरे लिए समय बिताने की क्रिया बन गई थी।

मैं अकसर अकेली ही रहती थी। एक तो हमारा घर शहर के एक छोर पर अलग पड़ता था। स्कूल की सहेलियाँ कम थीं; जो थीं, वह या तो दूर रहती थीं या फिर घर के संकीर्ण वातावरण की वजह से निकलती कम थीं। भूले-भटके ही कोई आती थी। घर में मेरे अलावा भैया थे। उनके और मेरे बीच का छह साल का फासला उन दिनों मुझे ज़्यादा लम्बा लगता था। वह लम्बे-चौड़े खूबसूरत नौजवान थे। माँ उन पर जान छिड़कती थीं। उनको अपनी ख़ूबसूरती का खासा इल्म था और गुरूर भी। बाथरूम में आईने के

सामने बाल या शेव बनाने में वह घंटों लगा देते थे। जब वह नहाकर निकलते सारा घर उनके आफ्टर शेव की खुशबू से गमक उठता। वह अकसर घर से ग़ायब ही रहते थे या फिर किसी कोने में बैठे जासूसी उपन्यास पढ़ा करते। वह बहुत कम बोलते थे, लफ़्ज़ों को तौल-तौलकर, और किसी भी चीज़ के लिए ख़ास इच्छा नहीं प्रकट करते थे। खाने की मेज़ पर से भी वह खाना बहुत जल्दी खाकर उठ जाते, जैसे उन्हें कहीं जाने की जल्दी हो या उनसे मिलने कोई आनेवाला हो। मगर थोड़ी देर बाद ही वह घर के अहाते में अपनी हरी 'रैले' साइकिल पर धीमे-धीमे सीटी बजाते हुए 'स्लो साइकिलिंग' करते हुए दिखते। उन्हें अपनी साइकिल से बहुत लगाव था और वह उसे एक प्रेमी की उत्सुक एकाग्रता के साथ रखते थे।

उनके ठीक विपरीत बाबा बहुत देर तक खाना खाते रहते थे। वह खाते बहुत कम थे और एक ही चपाती के छोटे-छोटे कौर अपनी लम्बी उँगलियों से तोड़कर देर तक चबाते रहते। मेरी आँखें—उन्हीं के जैसी काली आँखें जो मैंने उनसे पाई थीं—बार-बार उन पर लौट आतीं। ऐसा वहम होता कि खाते-खाते एक युग बीत गया है। बाबा एकदम चुप रहते थे; उनकी ख़ामोशी किसी दुर्गम क़िले की दीवारों की तरह उनके इर्द-गिर्द खड़ी रहती थी। घरवालों का उन तक पहुँचना बहुत मुश्किल था। कभी माँ उनको कोई ख़ास खाना जो माँ ने उन्हीं के लिए पकाया था, पेश करतीं तो वह हमेशा नकार देते थे। चाहे बाद में वह उसे खा लें। माँ को दुख पहुँचता था। मैं भी उनके लिए दुखी हो जाया करती थी। मुझे समझने में बहुत देर लगी कि बाबा का मकसद माँ को दुख पहुँचाना नहीं था बल्कि उनको किसी भी तरह से लोगों के ध्यान का केन्द्र बनना एकदम असहनीय लगता था।

मैं काफ़ी देर तक छत पर टहलती रही। झुटपुटा हो गया था। इमली के पेड़ के ऊपर से धुँए की एक पतली-सी लकीर उठ रही थी। ग़ौर करने पर मैंने देखा कि वह मच्छरों का एक हुजूम था जो कि तेज़ी से हवा में बिखर रहा था, छोटे-छोटे लड़ाकू विमानों की तरह। मैंने नीचे उतरकर ज़ीने पर से अपनी किताबें उठाईं और माँ को पुकारती हुई अन्दर गई। गोल कमरे में दाख़िल होने से पहले गलियारे में मैं रुक गई। गोल कमरे से बात करने की धीमी आवाज़ें आ रही थीं। गलियारे के सिरे पर, गोल कमरे के दरवाज़े के पास एक प्लास्टिक की टोकरी पर अब मेरी नज़र पड़ी जिसके ऊपर हिफ़ाज़त से तह की हुई सफ़ेद कामदार शॉल रखी थी। मुझे याद आया कि

माँ से मिलने जो लोग आए थे, मैंने उन्हें जाते हुए नहीं देखा।

मेरी आहट पाकर माँ ने पुकारा, "अनामिका, तुम हो क्या ? ज़रा इधर तो आओ !" दरवाज़े पर पड़े भारी मखमल के पर्दे को ज़रा खिसकाकर मैं कमरे के अन्दर गई। गोल कमरा काफ़ी बड़ा था और उसके दूरवाले कोने में जहाँ तख़्त रखा था, माँ उस महिला और लड़की—जो शायद उनकी बेटी थी—के साथ बैठी थी। कमरे के अन्दर ठंड थी। मेरे शरीर में एक हल्की-सी सिहरन दौड़ गई। साथ ही नाक में कपूर और किसी तरह की क्रीम या पाउडर की मिली-जुली गन्ध आई जो कमरा बड़ा होने के बावजूद हवा में ठहरी हुई थी। मुझे देखकर महिला के चेहरे पर एक मुस्कुराहट आई जिसमें खुशी और संकोच दोनों ही शामिल थे।

"आओ बेटी ! मुझे पहचाना ?"

उनकी आवाज़ सुनकर याददाश्त में कुछ कौंधा—पतंग, सेमल का पेड़, खरगोश, शकरकन्द की खीर...

"अनामिका, तुम्हें दिलीप मामा की याद है, और मुक्ति मामी की ?" माँ ने पूछा।

याददाश्त ज्वार की तरह लौटी। रायबरेली में नानी का घर...घर के पास मुख्य इमारत से थोड़ा हटकर बना हुआ लाल ईंटों का उपभवन। उपभवन के पीछे सेमल का पेड़, सेमल के लाल फूलों के बीच अटकी एक काली पतंग...दिलीप मामा का नाम सुनते ही दिमाग़ में कई धुँधली-सी तस्वीरें उठीं। दिलीप मामा नानी के किराएदार थे जो सेमल के पेड़ के पास उपभवन में रहते थे। वह बच्चों को बेहद प्यार करते थे और जब हम नानी के घर जाते, वह भैया को और मुझे पतंग उड़ाना सिखाते थे। मुक्ति मामी के आँगन में खरगोश पले थे जिन्हें हमें घास खिलाना बहुत पसन्द था। दिलीप मामा की कई बेटियाँ थीं। फिर वे लोग शहर छोड़कर चले गए और बाद में नानी का भी देहान्त हो गया। हमारा वहाँ जाना छूट गया। तब मैं नौ साल की थी और भैया पन्द्रह के।

"अरे, कोई दुआ-सलाम नमस्ते कुछ नहीं ?" माँ ने मुझे टोका।

माँ की यही आदत मुझे पसन्द नहीं थी; जब-तब किसी के भी सामने टोक देती थीं। मैंने खिसियाकर जल्दी से नमस्ते किया।

"कितनी बड़ी हो गई है।" वह महिला—मुक्ति मामी—बोलीं।

"ग्यारहवीं क्लास में है।" माँ ने कहा। "इम्तहान चल रहे हैं।"

मेरी नज़र पहली बार उस लड़की के चेहरे पर गई जो एक तरफ़ चुपचाप बैठी हुई थी। उसके किताबी चेहरे में उसकी बड़ी-बड़ी थोड़ी परेशान-सी आँखें मुझे टकटकी बाँधे देख रही थीं। वह बादामी रंग का सलवार-कुर्ता पहने थी जिसके दुपट्टे के एक सिरे को वह बराबर उँगली पर लपेट रही थी और खोल रही थी। बालों को उसने कसकर बाँध रखा था; एक भी बाल बाहर निकला हुआ नहीं दिख रहा था। उसकी उम्र मेरे जैसी ही होगी; शायद एकाध साल बड़ी हो, मैंने अन्दाज़ लगाया। मैंने याद करना चाहा पर दिलीप मामा के घर में उसे देखना याद नहीं आया।

"बेटा, यह सीमी है। तुम्हें याद नहीं होगी...यह तो हमेशा की चुप्पी है...पर इसे तुम अच्छी तरह से याद हो। तुमसे मिलने की इसकी बड़ी इच्छा थी..." मामी ने मेरी ख़ुशामद के अन्दाज़ में कहा।

मुझे इसका कोई जवाब नहीं सूझा। शायद मुझे कहना चाहिए था कि नहीं, वह मुझे अच्छी तरह से याद है...वह मुझसे क्यों मिलना चाहती थी ? उसे याद न कर पाने की वजह से मुझे एक तरह के अपराधबोध ने घेर लिया। मैंने सवालिया नज़रों से माँ को देखा।

"सीमी का यहाँ यूनिवर्सिटी में बी.ए. में दाख़िला हो गया है।" माँ ने समझाया। "वह हॉस्टल में जगह ढूँढ़ रही है।"

"जगह मिलते ही वहाँ शिफ्ट हो जाएगी।" मुक्ति मामी ने जल्दी से उनका वाक्य पूरा किया।

"तब तक के लिए मैंने इसको यहीं रोक लिया है..." माँ ने कहा।

"ओह ! अच्छा, यह तो अच्छी बात है !" मैंने कोशिश करके अपने चेहरे पर उभरते विस्मय को दबाकर सामान्य बनाया। माँ पर आश्चर्य हुआ और खीझ भी। वह जानती थीं कि मेरे इम्तहान चल रहे हैं और ज़रा भी ग़ैरमामूली बात से मेरा ध्यान पढ़ाई से उचट जाता है। फिर भी उन्होंने न आव देखा न ताव, सीमी को यहाँ रहने का नेवता दे दिया।

"बेटी, बी.ए. में कौन-से सब्जैक्ट लिए हैं ?" माँ ने सीमी से औपचारिक तौर पर पूछा।

"इंग्लिश, एंशिएंट हिस्ट्री और होम साइंस"...सीमी ने जैसे यन्त्रचालित स्वर में कहा। उसकी आवाज़ फीकी थी, बिना क़िसी भाव के।

थोड़ी देर तक एक अनकुस-सी ख़ामोशी में वहाँ बैठकर, मैं पढ़ाई का

बहाना करके अन्दर चली गई। वे लोग भी शायद फ़ौरन ही चले गए होंगे क्योंकि जल्दी ही माँ की आवाज़ बावर्चीख़ाने में कमला को कोई हिदायत देती हुई सुनाई दी। माँ जब मेरे कमरे में आईं तो मैंने उन्हें आड़े हाथों लिया।

"मुझे तो तुम्हारे अकेलेपन का ही ख़्याल था..." उन्होंने अपनी सफ़ाई दी।

"कोई अकेलापन-वकेलापन नहीं।" मैंने गर्ममिज़ाजी से कहा।

जिस पर वह बोलीं, "तुम हमेशा लोगों से भागती क्यों रहती हो ?... दुनिया में लोगों के साथ ही तो जीना पड़ेगा..."

इतना कहकर उन्होंने इस विषय पर और कुछ भी कहने से इनकार कर दिया।

तीन दिन बाद सीमी अपना सामान लेकर हमारे घर आ गई। माँ ने उसे इमली के पेड़ के पासवाला, किनारे का कमरा दिया जो मेहमानों के लिए ही था और जिसे हम 'गैस्ट रूम' कहते थे। सीमी हमारे साथ रहने लगी। मुझे लगा बाबा को उसका यहाँ आना अच्छा नहीं लगेगा और वह कोई एतराज़ करेंगे। मगर वह कुछ नहीं बोले—घरेलू मामलों में न बोलना ही उन्होंने ठीक समझा हो। मेरा सीमी के साथ ज़्यादा लेना-देना नहीं था। एक तो मैं खुद ही अलग-थलग अपनी पढ़ाई में या वक़्त की फ़िज़ूलख़र्ची में मुबतिला रहती थी, फिर सीमी को भी शायद अपनी मौजूदगी से दूसरों के काम में बाधा न डालने की काफ़ी फ़िक्र रहती थी और वह भरसक अपने में ही रहती थी। दिन में एकाध बार वह मेरे सामने पड़ जाती तो मुझसे एक क़िस्म की अतिरंजित शिष्टता से पेश आती जो मुझे असली सीमी के ऊपरी आवरण का आभास दिलाती। वह मुझसे मेरे अगले पर्चे के बारे में पूछती। कभी मुझे पढ़ता देख मुझसे आकर कहती—"तुम्हारे लिए चाय लाऊँ ?"

अगर मैं 'हाँ' कह देती तो वह चाय का प्याला मेरे हाथ में पकड़ाकर बिल्कुल दबे पाँव, पंजों के बल चलती वहाँ से ग़ायब हो जाती।

उसके कमरे के सामने से गुज़रते मैंने देखा था कि वह बहुत साफ़-सुथरे ढंग से सजा है। खिड़की के सामने लगी छोटी-सी पढ़ाई की मेज़ पर जिल्द चढ़ी किताबें करीने से रखी हैं और पलंग पर बिछी सफ़ेद चादर पर कोई शिकने नहीं है। पलंग के पास उसका काला ट्रंक रखा था जिसमें उसके

कपड़े होंगे। कोई चीज़ इधर-उधर बिखरी हुई नहीं नज़र आ रही थी। कमरे को देखकर ऐसा लगता था जैसे सीमी ने कोशिश की हो कि वहाँ रहकर भी वह रहती हुई न दिखे, या शायद उसे डर हो कि कहीं उससे जाने के लिए न कहा जाए। मन-ही-मन मैंने उससे अपने कमरे की तुलना की जो कि हमेशा अस्त-व्यस्त रहता था और जिस पर आए दिन मुझे माँ की डाँट सुननी पड़ती थी। ज़ाहिर तौर पर उसने माँ का मन जीत लिया था। अकसर मैं उसको माँ के साथ चाय पीते और बात करते देखती। माँ की चाय के लिए कमज़ोरी को वह समझ गई थी और दिन में दो-चार बार या तो कमला से कहकर या खुद बनाकर वह चाय ले आती थी। माँ के साथ इस तरह से उसकी बढ़ती आसानी को देखकर मुझमें अगर जलन की भावना पैदा हुई तो मैं उसे दबा गई। जो भी हो, मेरी ज़िन्दगी में वह इतनी कम जगह घेरती थी कि मुझे उसकी आदत पड़ने लगी।

एक दिन मैं उसके कमरे के सामने से होकर बाहर जा रही थी तो मैंने उसे अपनी मेज़ पर बैठी किसी किताब पर झुकी हुई पाया। दरवाज़े पर मेरी छाया पड़ी तो उसने ऊपर देखा। "अनामिका, एक मिनट यहाँ आओगी ?" वह बोली।

मैं अन्दर चली गई। उसके सामने खुली कॉपी में अंग्रेज़ी में एक वाक्य लिखा था–

"द नाइट इज़ लोंग दैट नेवर फाइंड्स द डे"

(The night is long that never finds the day)

उसने मुझसे इस वाक्य का मतलब पूछा। मैंने कुछ अटककर उसका तर्जुमा किया। वह मेरे चेहरे की तरफ़ देख रही थी। "मगर "फ़ाइंड्स द डे" ?" उसने थोड़ी हैरानी से कहा। मैंने दोबारा धीरे-धीरे मतलब समझाया। मुझे अजीब लग रहा था कि मैं स्कूल में थी और वह बी.ए. में, और वह मुझसे पूछ रही थी ?

जिधर वाक्य लिखा था उसके सामनेवाले पन्ने पर एक चित्र बना था जो शायद उसने किसी उचाट क्षण में बनाया होगा। चित्र में केवल एक शक्ल थी–बड़ी-बड़ी खुली हुई आँखें, मोटे होंठ और थोड़ी तिरछी-सी नाक। पर जिस चीज़ ने मेरा ध्यान आकर्षित किया वह उस शक्ल पर खिंची हुई हज़ारों बारीक लकीरें थीं–पूरे चेहरे पर, सिर के अन्दर, गालों के उभार पर, ठुड्डी पर, माथे पर; केवल आँखें लकीरों से ख़ाली थीं, प्रशान्त भाव से देखती

हुई। उस चेहरे को देखकर मुझे उलझन-सी हुई, अपने को जैसे किसी जाल में जकड़ता हुआ महसूस किया। मुझे चित्र की तरफ़ देखते हुए पाकर उसने कॉपी बन्द कर दी। मैंने पूछा—"तुमने बनाया है ?"

इस पर उसने, 'हाँ' में सिर हिला दिया और उसकी आँखों में एक तरह की उद्धता का भाव उभरा। मैंने पूछा—"कब ?"

उसने मेरी ही तरह एक लफ़्ज़ में जवाब दिया—"कल।"

उस दिन शिवरात्रि की छुट्टी थी। वह यूनिवर्सिटी नहीं गई थी। नहाकर वह शायद थोड़ी देर पहले आई थी। उसके बाल गीले थे और खुले हुए वह उसकी पीठ पर आधी दूर पहुँचते थे। उसके पास से किसी खुशबूदार साबुन और बोरोलीन की महक आ रही थी। मुझे पहली बार ख़्याल आया कि सीमी देखने में अच्छी है। पहली ही बार मेरे मन में उसके प्रति एक प्रकार की जिज्ञासा उत्पन्न हुई।

उन दिनों मैं अपने में ही लीन रहती थी। मुझे अपनी चेतना की हर फड़फड़ाहट, हर जुम्बिश महत्त्वपूर्ण लगती और मैं अपने ही अनगढ़ ख़्यालों को अनचित्ते में पकड़ने के लिए सतर्क रहती। हमारे घर की चहारदीवारी के बाहर की दुनिया मेरे लिए एकदम धुँधली थी—या यूँ कह लिया जाए कि मेरी चेतना ही मेरी चहारदीवारी थी। लोगों से मेरा सम्पर्क नहीं के बराबर था। कोयल और तोते की पुकार, कछार और अँधेरे की बारीकियों में ध्यानमग्न, मेरे अब तक के आश्रित जीवन में कुछ ऐसा नहीं था जो मुझे लोगों और उनके परिवेश की भिन्नताओं के लिए तैयार करता। मैं बड़े-बड़े ख़्वाब देखती, बड़ी-बड़ी उत्तेजनाएँ ढूँढ़ती, मेरी कल्पना में रोज़मर्रा या सामान्य के लिए कोई जगह नहीं थी।

सीमी को मेरा बरताव काफ़ी रूखा लगा होगा। एक शाम जब मैं जीना चढ़कर छत पर अपने अड्डे पर पहुँची तो मैंने सीमी को वहाँ पहले से बैठा हुआ पाया। अपने प्रिय स्थान के इस अनपेक्षित हस्तक्षेप पर मैं थोड़ा चौंकी तो उसने कहा, बिल्कुल साधारण भाव से, बिना किसी तरह के इलज़ाम या द्वेष के—"मुझे मालूम है तुम्हें मेरा यहाँ रहना पसन्द नहीं है..."

उसके इस तरह से बात को सिरे से पकड़ लेने पर मैं चकित हो गई।

"नहीं, नहीं, ऐसी बात नहीं है..." मैं हकलाई।

उसने ज़रा शरारत से मेरी तरफ़ देखा—"तो फिर मैं हॉस्टल न जाऊँ ?"

इस पर मुझे हँसी आ गई और वह भी मेरे साथ हँसने लगी। मैं भी

वहीं बैठ गई। मैंने उसके घरवालों के बारे में पूछा। वे पाँच बहनें थीं, वह सबसे बड़ी थी–कोई भाई नहीं था। घर में सबका काम पहले से ही निर्धारित था। दिन का खाना एक बहन पकाती थी, शाम का दूसरी; घर को झाड़ना-पोंछना तीसरी का ज़िम्मा था। चाय बनाना, पीने का पानी भरना, पौधों (उनकी छत पर गमले थे) में पानी देना वग़ैरह, सब काम बराबर से बँटे हुए थे। बस कपड़े सब अपने-अपने धोते थे; कोई नौकर नहीं थे...अम्माँ को कोई काम नहीं करने देती थीं। शाम को पापा घर आते थे, तो सब बैठकर ताश खेलते थे या शतरंज...अब वह यहाँ आ गई थी तो उसके हिस्से का काम कौन करता होगा, मैंने पूछा। "सब बारी-बारी से करते होंगे।"

उसके घर का माहौल काफ़ी सुखद मालूम देता था। लोगों की जगह पहले से निर्धारित होने से एक ठहराव आ जाता होगा। दुविधा या संशय की गुंजाइश न होगी। पल-भर के लिए मुझे उससे ईर्ष्या हुई। मैं स्थिरता के लिए–जो मेरी उड़ी-उड़ी-सी मानसिकता को ठहराव दे दे–तरसती थी।

"तुम्हें तो घर की याद आती होगी..." मैंने कहा।

उसके होंठ भिंच गए और चेहरे पर एक निश्चय दृढ़ होता हुआ-सा जान पड़ा।

"मैं अब वहाँ कभी नहीं जाऊँगी।" उसने कोई दरवाज़ा बन्द करने के अन्दाज़ में कहा। वह तटस्थ भाव से थोड़ी देर बैठी रही। उसके मन में क्या बीत रहा है, समझने में मैंने अपने को असमर्थ पाया। वह आगे कुछ नहीं बोली और हम नीचे चले आए।

कुछ दिनों से मैं देख रही थी कि भैया पहले के मुक़ाबले में अब घर पर ज़्यादा समय बिताने लगे थे। देर तक वह इमली के पेड़ के पासवाली मुँडेर पर बैठे अपनी 'रैले' को तेल में भीगे कपड़े से रगड़कर चमकाते। उसके पहियों की एक-एक तीली चमक उठती थी। फिर वह सीट को मर्ज़ी के मुताबिक ऊँचा या नीचा करते। पूरे वक़्त वह धीमे-धीमे सीटी बजाते रहते थे। सीमी के कमरे की खिड़की से वह दिखते थे और कई बार मैंने सीमी को खिड़की के बाहर देखते हुए पाया। खाना खाकर भी अब वह जल्दी से उठ नहीं जाते थे बल्कि जब तक हम लोग मेज़ पर रहते, वह भी बैठे रहते थे। और जब तक वह बैठे रहते, सीमी की नज़रें अपनी प्लेट पर ही गड़ी रहती थीं। मेरी आँखों से यह सब छुपा हुआ नहीं था और चोरों की चालाकी के साथ अपना चेहरा भावहीन बनाए, उनके दरमियान गुज़रे

हर इशारे को मैं भाँप लेती थी। अपने भीतर मैं हल्की-सी फड़फड़ाहट, एक तरह का कम्पन महसूस करती थी जो मेरे लिए एकदम अपरिचित था।

मेरे इम्तहान हो चुके थे। दिमाग़ पर से पढ़ाई का बोझ हट जाने से मैं हल्का मगर ख़ाली-ख़ाली महसूस करने लगी थी। इतने दिनों से इम्तहान ख़त्म हो जाने का इन्तजार था पर अब मैं जैसे और भी दिशाहीन हो गई थी। मेरे पास ज़्यादा ही फालतू समय बचने लगा था। इम्तहान के दौरान दिन का दो-तिहाई हिस्सा किताबों और पढ़ाई की फिक्र में लग जाया करता था—समय का एक केन्द्र बन जाता था। अपनी नई-नई हासिल की हुई आज़ादी का एकदम से मुझे मसरफ नहीं समझ में आ रहा था।

ऐसी ही अन्यमनस्कता में मैं अपने कमरे में लेटी गाना सुन रही थी। रेडियो पर फ़िल्मी गीत आ रहे थे जिनको मैं बहुत धीमे वॉल्यूम पर सुन रही थी क्योंकि बाबा को किसी भी प्रकार के सुगम संगीत से आपत्ति थी। अगर वह कभी मुझे इस तरह के गाने सुनते पकड़ लेते तो वह अपनी नियमित ख़ामोशी को तोड़कर संस्कृति और गिरती हुई मान्यताओं पर लेक्चर सुनाने लगते। वह चाहते थे मैं शास्त्रीय संगीत में रुचि लूँ और मैं अपनी सोलह वर्षीय उद्दंडता के साथ उनका विरोध करती थी। मुझे उनके इस तरह के भाषण उबाऊ और नीरस लगते थे। लेक्चर का जोखिम कौन उठाए, मैंने रेडियो बिल्कुल धीमा कर रखा था।

उसी वक़्त पेंसिल की तलाश में सीमी मेरे कमरे में आई। मैंने मेज़ पर रखी पेंसिल की तरफ़ इशारा किया। उसने पेंसिल उठाकर मुझे दिखाई। पेंसिल के एक सिरे पर एक छोटी-सी गुड़िया लगी थी जो मैंने कभी किसी दूकान से ख़रीदी थी। गुड़िया के कन्धों पर पंख थे। सीमी ने गुड़िया की तरफ़ संकेत करके मुझसे पूछा—"इस लड़की के पंख क्यों हैं ?" और फिर अपने प्रश्न का खुद ही जवाब देते हुए बोली—"क्योंकि वह अन्दर चुपचाप से एक चिड़िया है।"

मुस्कान की एक झलक उसके चेहरे पर आई और वह कमरे से चली गई। उसकी इस बात ने मुझे सोच में डाल दिया। यह सोचने का ढंग मेरे लिए नया था। मेरे ध्यान में कभी नहीं आया था कि चीज़ों के ऊपरी रूप के अन्दर कोई दूसरा रूप भी छुपा हो सकता है। इस नई दृष्टि के पैमाने से मैं अपने इर्द-गिर्द लोगों को देखने लगी—क्या साधारण-सी दिखनेवाली सीमी के अन्दर भी कोई दूसरी सीमी छुपी होगी ? शायद उसके पंख हों और

उड़ने की लालसा ? इस ख़्याल ने न जाने मुझे क्यों अशान्त कर दिया।

गर्मी आ गई थी। इम्तहान हो चुके थे, अब मुझे रिज़ल्ट का इन्तज़ार था। अकसर अपने को सन्देह से घिरा पाती—कहीं फेल हो गई तो ? मैं घर पर हस्बे-मामूल रहती थी; स्कूल बन्द था इसलिए वहाँ जाने का भी कोई मसला नहीं था। सीमी सुबह दो-ढाई घंटें के लिए यूनिवर्सिटी जाती थी। इत्तेफ़ाक था कि भैया भी उसी वक़्त घर पर नहीं दिखते थे। बड़े-से घर में और भी सन्नाटा हो जाता था। अनजाने में ही मैं सीमी की राह देखने लगी थी। उसका इन्तज़ार तो नहीं करती थी पर मेरे पास इतना फालतू समय था कि छोटी-छोटी घटनाएँ भी मेरे लिए केन्द्र बन जाती थीं। किसी का घर से जाना या आना, यह भी एक क़िस्म की घटनाएँ ही तो थीं।

गर्मी के आने पर हम घर के बाहर, महुए के पेड़ के पासवाले सहन में सोने लगे थे। हमारे पलंग एक क़तार से बिछते थे। सफ़ेद चादर और सफ़ेद मसहरी लगे पलंग मेरे दिमाग़ में समुद्र पर तैरते विचित्र-से चौकोर जहाज़ों का भ्रम पैदा करते थे। रात को महुए पर चिमगादड़ आते थे। रात को उनकी काली परछाईं से मुझे डर लगता था। गर्मी के बावजूद सीमी अन्दर अपने कमरे के खिड़की-दरवाज़े बन्द करके सोती थी। एक दिन मैंने यूँ ही उससे पूछा—"सीमी, तुम्हें अन्दर गर्मी नहीं लगती है ? तुम दरवाज़े बन्द करके क्यों सोती हो ?"

उसके मुँह से अनायास ही निकला—"जिस दिन बीरू चाचा चुपके से मेरे कमरे का दरवाज़ा खोलकर अन्दर घुसे थे...मेरे इम्तहान थे...मैं देर रात तक पढ़ती थी...तभी से मुझे खुले दरवाज़ों से डर लगता है..."

दोपहर का वक़्त था। सीमी और मैं इमली के पासवाली मुँडेर पर बैठे थे। सन्नाटे को तोड़ती एक चील अचानक अपने भारी डैने फड़फड़ाकर चीख़ के साथ हवा में उड़ी। उसकी चीख़ में एक तरह का दर्द था जो कुछ देर तक हवा में बजता रहा। सीमी के बदन में एक बार जैसे कँपकँपी-सी हुई। उसका चेहरा ख़ौफ और नफ़रत से एकबारगी तमतमा उठा था। उसकी बात के पूरे मतलब को जज़्ब करने में मुझे थोड़ा वक़्त लगा। मैं स्तब्ध होकर उसे अविश्वास के साथ देखती रही।

"तुमने किसी को इसके बारे में बताया ?" आख़िर मैंने पूछा।

"नहीं...हम उन्हें चाचा कहते थे..." उसके स्वर में कड़वाहट भर गई थी। अपने को एक तरह की शर्मिन्दगी और हिचकिचाहट की गिरफ़्त में

पाकर मैं कुछ बोल नहीं सकी। उसकी सुन्दर आँखें मटमैली हो गई थीं और चेहरे पर मुझसे अपने बारे में ज़्यादा बता जाने का क्षोभ था। उसने मेरी तरफ़ देखा तो उसकी आँखों में इमली की नाज़ुक पत्तियों की परछाइयाँ काँप रही थीं। उसकी निगाह के सामने मेरी आँखें झुक गईं। मुझे डर था कि कहीं वह उसे ग़लत न समझ ले जिसे मैं ख़ुद नहीं समझी थी।

हम अन्दर आ गए और वह अपने कमरे में चली गई। माँ गलियारे में रखे बड़े-से लकड़ी के बक्स में गर्म कपड़े, रज़ाइयाँ वग़ैरह रख रही थीं। कपूर की गोलियाँ डालकर उन्होंने बक्स बन्द कर दिया। कपूर की महक से मुझे वह दिन याद आ गया जब सीमी अपनी माँ के साथ हमारे यहाँ आई थी। उस दिन को लगभग दो महीने हुए थे। उससे ज़्यादा लम्बा समय लगता था।

"माँ, सीमी की अम्माँ फिर नहीं आईं..." मैंने कहा।

"कुछ दिनों में वह सीमी को लेने आएँगी...उसे हॉस्टल में जगह मिल गई है।"

"अच्छा ? सीमी ने बताया नहीं ?" मुझे थोड़ा आश्चर्य हुआ।

"उसकी अम्माँ उसे हॉस्टल में सैटल कराने आएँगी।" माँ ने बताया।

दो-तीन दिन बाद मैं छत पर बैठी थी। रात के नौ बजे होंगे। पूर्णिमा की रात थी। केसरी रंग का प्राचीन चाँद किसी पारदर्शी रोशन गुब्बारे की तरह आकाश में टँगा था। हमारे घर का अहाता रुपहले सायों से सिहर रहा था, किसी जादुई नगरी की तरह काल्पनिक। हवा के हल्के-से झोंकों के साथ सारा वातावरण फुसफुसाहटों से भर गया। दूर कछार की ओर से टिटीहरी की लम्बी पुकार उठी। रात की रानी की वजनी-सी महक छत पर पहुँच रही थी। कछार के उस पार गंगानगर की झोपड़ियों में बत्तियाँ टिमटिमा रही थीं। कछार के ख़ालीपन की मेरी कल्पना में आज कोई घर था जिसमें अकेली लड़की के कमरे का दरवाज़ा चुपके-से खुला था...

दूर फाटक के पास की परछाइयों में एकाएक मुझे सफ़ेद-सा कुछ हिलता हुआ नज़र आया। थोड़ी देर तक देखते रहने पर समझ में आया कि भैया बैठे सिगरेट पी रहे थे। शायद मेरा वहम था—मगर नहीं, वहम नहीं था—कि सीमी उनके पास बैठी थी। उसका हल्के रंग का कुर्ता आसपास के सायों में से साफ़ झलक रहा था। वे लगभग सटे हुए बैठे थे। मेरे देखते-देखते ही सीमी उठी और घर की तरफ़ तेज़ क़दमों से बढ़ी—चाँदनी

में मैं आसानी से उसे अपनी कल्पना का ही अंश समझ सकती थी। मगर मुझे यक़ीन था कि वह सीमी है। मेरे मन में बेसब्री और बेचैनी की एक लहर-सी उठी। दिमाग़ में कई तरह के प्रश्न एक साथ चक्कर काट रहे थे। सीमी ने उस दिन इमली के पेड़ के नीचे मुझे जो बातें बताई थीं उनका इस सीमी से क्या सम्बन्ध था ? कोई सम्बन्ध था भी कि नहीं ? मेरे दिल की धड़कन बढ़ गई थी और एक अपरिचित-सी उत्तेजना से घिरी हुई मैं नीचे उतर आई।

कमला मेज़ पर खाना लगा रही थी; माँ बावर्चीख़ाने में रात के कुछ ज़रूरी काम पूरे कर रही थीं। बाबा, जो समय के पाबन्द थे, और सीमी जो घर के किसी भी अप्रत्यक्ष क़ानून को तोड़ने में हिचकिचाती थी, मेज़ पर एक संकोचपूर्ण ख़ामोशी में बैठे थे। फिर देखते हुए कि कुछ कहने का भार उन्हीं का है, बाबा ने खँखारकर कहा—

"सुना कि तुम जल्दी ही जा रही हो ?"

"जी हाँ।"

"कमरा तो मिल गया है, न ?"

"जी।"

"कोई दिक़्क़त हो तो वापस आ जाना।"

"जी।"

भैया ने आकर मेज़ की एक तरफ़ अपनी जगह ले ली थी। उन्होंने सीमी की तरफ़ एक बार भी नहीं देखा। मुझे शक हुआ कि मैंने सीमी को उनके साथ बाहर देखा भी था कि नहीं ?

अगले दिन सीमी की माँ उसे लेने आ गईं। भैया ने सबसे पहले उन्हें आते देखा और जाकर माँ को खबर दी। वह कुछ परेशान दिख रहे थे। थोड़ी देर बाद मैंने उनको अपनी साइकिल पर फाटक के बाहर जाते देखा और जब सीमी हॉस्टल के लिए रवाना हुई, वह घर पर नहीं थे। सीमी रिक्शे पर बैठी तो माँ और मैं दोनों वहाँ खड़े थे। बाबा से वह पहले ही मिल आई थी। अपनी माँ के साथ बैठी वह अजनबी-सी दिख रही थी। मैंने कहा—"सीमी, कभी-कभी हॉस्टल से मिलने आ जाया करना।"

जवाब में उसने मेरा हाथ अपने हाथ में लेकर हल्के-से दबाया। उसका हाथ एकदम ठंडा था। वह बोली कुछ भी नहीं। रिक्शा चला तो वह बिना पलक झपकाए सामने देख रही थी। गर्म हवा चलने लगी थी। रिक्शेवाले

को रिक्शा आगे बढ़ाने में काफ़ी ज़ोर लगाना पड़ रहा था। सीमी उसी तरह बैठी थी, सामने देखती हुई, हवा की गर्मी से जैसे बिल्कुल अनजान। उसने एक बार भी पीछे मुड़कर नहीं देखा, जबकि हम देर तक वहाँ खड़े रहे। मुझे उसका कहना याद आया कि अब वह अपने घर कभी नहीं लौटेगी। क्या सीमी अब कहीं भी लौटेगी ? रिक्शे पर बैठी, आगे देखती हुई उसकी छवि मेरे मन में ख़्याल लाई कि शायद उसने आगे ही बढ़ते जाने का निश्चय कर लिया है।

उसकी वह छवि मुझे बहुत दिनों तक याद आती रही। सीमी हमारे घर फिर कभी नहीं आई।

बाबू देवीदीन सहाय की नई दुनिया

वाक़ई वह खूसट इंसान थे—एकदम रूखे। बातों का ले-देकर बस वही एक मज़मून—अपनी तबीयत का हाल और दुनिया-जहान के मर्ज़ों से जकड़े हुए अपने जिस्म का कभी न ख़त्म होनेवाला क़िस्सा। कहीं भूले-भटके आप उनके घर चले गए, तो वही सबसे पहले मिल जाते थे, सामनेवाली बैठक में, जिसे उन्होंने अपने बैठने, सोने, खाने, फालतू वक़्त बिताने, वग़ैरह के मसरफ़ से अपना लिया था। आप दाख़िल हुए नहीं कि वह सामने दिख जाते, आरामकुर्सी पर पड़े हुए हड्डियों के ढेर की तरह, जिसे बढ़ई ने जल्दी से ठोक-ठाककर इंसानी सूरत दे दी हो।

दुआ-सलाम हुई और कहीं शामत की मार आप पूछ बैठे कि "क्या हाल है, देवीबाबू ?" तो सिलसिला वहीं से शुरू हो जाता था।

"अरे हाल क्या बताएँ...कल रात तो बिल्कुल सो ही नहीं पाया...दाँत में जो शदीद दर्द उठा...भला बताओ, बस दो रोटियाँ इस्तेमाल करता हूँ, अब और कितना कम..." वग़ैरह वग़ैरह।

हाँ, उनका एक और इश्क़ भी था—शेयर बाज़ार और उसकी अठखेलियों से उनकी निजी लागतों को धक्का। इसके ज़िक्र से उनकी ज़बान थकती नहीं थी और यही बात वह हरदम छेड़ देते, जैसे वह किसी बनिये की बोसीदा बही के पन्ने बार-बार उलट रहे हों। फिर आसान नहीं था, उनके चंगुल से निकल पाना। आरामकुर्सी पर अधलेटे हुए, अपनी पीली तिरछी आँखें किसी ग़मज़दा गिद्ध की तरह वह आपके चेहरे पर चिपका देते, इतनी मज़बूती से कि आपको यक़ीन हो जाता कि जब वह नज़र हटेगी तो आपके शरीर का कोई ज़रूरी हिस्सा—खाल या नाक या मांस—साथ चीरती

हुई ले जाएगी।

सामनेवाले मकान नम्बर 206/ए के हरिराम सिंह सुबह की सैर के लौटते में देवीबाबू के घर रुक जाने के अपने इरादे पर पछता रहे थे। अब तो वह फँस गए थे; एक-डेढ़ घंटे से पहले कहाँ इस बोर से निजात मिलेगी। उस पीली निगाह से बचने के लिए उन्होंने कमरे के चारों तरफ़ नज़र दौड़ाई और उसमें रखे सामान की एक दिमाग़ी फ़ेहरिस्त बनाई। पायों के नीचे लगी ईंटों से ऊँचा किया गया तख़्त, तख़्त पर मटमैले गौतकिए, जो कभी सफ़ेद रहे होंगे पर अब यह रुतबा खो चुके थे, तेल के धब्बों से मैली चादर, तख़्त के बग़ल में रखा पीतल का उगालदान जिसकी नक्काशी में लताओं के गुत्थमगुत्थे के बीच अनगिनत नाज़ुक फूल खिले हुए थे जिन पर तिलिस्मी पंखोंवाली तितलियाँ मँडरा रही थीं। उनकी नज़र दीवार से लगी हुई भारी भरकम आदमक़द अलमारी पर ठहर गई जिसके ऊपर दवा की शीशियों का एक जंगल लहरा रहा था। इस जंगल में अपने ठिकाने से लम्बी नाकवाला काठ का उल्लू अपने आसपास के परिवेश का जायज़ा ले रहा था। दवा की शीशियों के लहराते जंगल में किसी दवा की अलमुनियम पैकिंग एकदम से कमरे की मन्द रोशनी में जुगनू की तरह चमक उठती। अलमारी से सटी हुई मेज़ पर देवीबाबू की शेयर बाज़ार की फ़ाइलों की पीली होती हुई चट्टान खड़ी थी।

हरिराम सिंह की नाक में हल्की-सी गुदगुदी हुई। कमरे की हवा में कई चीज़ों की बू थी। विक्स और तारपीन के तेल की वज़नी-सी महक के अन्दर किसी और चीज़ की बू वाबस्ता थी। चादरों की इस्तेमालशुदा गन्ध, रबर और काफ़ूर की गन्ध, इनके ऊपर एक महीन तार की तरह खिंची टॉइगर बाम की बू और इन सभी को एक माँ की तरह आग़ोश में लेती हुई, पूरे कमरे में बसी भाप और सीलन की बू। हरिराम सिंह को इसी कमरे में जाड़े की एक शाम याद आई जब खिड़की के उस पार धुँधलका छा गया था और कमरे के अन्दर की नीली रोशनी में लकड़ी के धुँए की महक देवीबाबू के लिए जलाई गई बुर्सी से उठ रही थी।

कमरे में फैली तमाम तरह की बूओं को बारीकी से महसूस करते हुए हरिराम सिंह ने ग़ौर किया कि कमरे का लगभग सभी सामान यह साबित कर देता था कि उसमें रहनेवाले शख़्स की पूरी तवज्जो अपने जिस्म पर ही है। रबर की गर्म पानी की बोतलें सफ़ेद दीवार पर मुँह खोले औंधी लटकी

थीं जैसे बहुत बड़े-से सफ़ेद समुद्र में लाल, चिपटी मछलियाँ तैरने की क्रिया में निश्चल हो गई हों। पीठ के दर्द में बाँधी जानेवाली पेटी कुर्सी पर टँगी थी और भपारे का यन्त्र ज़रूरत पर काम आने के लिए अपनी जगह पर तैनात था। सभी सामान ऐसा जो कि एक नश्वर ताने-बाने के बेहद बारीक और रहस्यमय जादू को बरक़रार रख सके।

"जबसे उठा हूँ, सिर में दर्द ऐसा है जैसे उसमें एक बोरा भर पत्थर भरे हां।" देवीबाबू ने कहा। वह बाएँ गाल में एक लौंग दबाए हुए थे, शायद दाँत के दर्द की वजह से और इससे उनके सपाट चेहरे में एक तरफ़ हल्का-सा उभार आ गया था। वह बात कर रहे थे और हरिराम सिंह की नाक में लौंग का तेज़ भभका आ रहा था। तभी घड़ी ने आठ का घंटा बजाना शुरू किया। हरिराम सिंह को वहाँ से खिसक लेने का मौक़ा दिखाई दिया और वह जल्दी से बहाना बुदबुदाकर रफूचक्कर हो गए। घड़ी का घंटा उनके जाने के बाद एकदम से आए सन्नाटे को भरता रहा।

यह बहुत पुरानी घड़ी थी, दीवार पर, कमरे के एक कोने में टँगी हुई। आठ कोनोंवाले लकड़ी के फ्रेम के अन्दर, सुनहरे हाशिए के पीछे मटमैले-से गोल डॉयल पर चाय का दाग़ किसी प्राचीन चाँद के चेहरे पर धब्बे की तरह था। डॉयल पर लिखे रोमन में काले अंक और तीन सुइयाँ दृढ़ निश्चय के साथ आगे बढ़ती हुईं। डॉयल के नीचे घड़ी के तिकोने पेट में पेंडुलम बरसों से एक कभी न ख़त्म होनेवाले सफ़र में गतिमान था—आगे, फिर पीछे, फिर आगे, फिर पीछे। हर घंटे पर वह बजती थी और उसकी बुज़ुर्ग, खिसखिसी आवाज़ में झुर्रियाँ थीं। वह किसी दूसरे समय की, पीली दुपहरों और श्यामल साँझों से आती आवाज़ थी। यह कहना मुश्किल था कि वह कितनी पुरानी है।

बाबू देवीदीन सहाय के सुदूर धुँधले-से बचपन में वह बाबूजी की बैठक में टँगी रहा करती थी। बाबूजी कहते थे उनके फुफा दिल्ली के चाँदनी चौक की किसी दुकान से उसे लाए थे। पर फुफा को मरे भी अर्सा हो गया और अब तो बाबूजी खुद भी नहीं थे कि उसकी उम्र का अन्दाज़ा लगाते। इतना समय अपने अन्दर सँजोए, एक पूरे काल की दानिशवरी लिए, यह घड़ी अपने अनवरत काम में मुबतिला थी। कमरे की छत पर और छत की ओलतियों पर मकड़ी के जाले कोमल, नर्म दाढ़ियों की तरह हवा में झूलते थे और कभी पंखा तेज़ चल रहा हो तो ज़मीन पर गिरकर एक लँगड़ी-सी

दौड़ लगाते थे। मगर घड़ी पर कोई जाला नहीं था। उसकी पीठ पर भी नहीं, जो कि आँखों को नज़र नहीं आती थी। उसका चेहरा हमेशा चमकता रहता था।

इसकी वजह थी मालती की उस घड़ी के लिए सनक। उसे घड़ी बहुत पसन्द थी। उसका गोल डॉयल और चमकता हुआ पेंडुलम, उसकी चिकनी घिसे हुए पत्थर-सी आवाज़ और डॉयल के आगे लगे गोल काँच के दरवाज़े पर वह फ़िदा थी। फिर घड़ी की उम्र और उसके इतिहास के बारे में सोचकर वह रोमांचित हो उठती थी। हर सोमवार जब वह उसमें चाबी भरती थी, तब उसे अपने अन्दर एक तरह की ताक़त महसूस होती थी, जैसे कि समय को जारी रखने की, उसको आगे बढ़ाने की ज़िम्मेदारी उसी की हो। जैसे कि घड़ी के ज़रिए उसने समय और समय से जुड़े भाग्य पर क़ाबू पा लिया हो।

इस वक़्त वह देवीबाबू के कमरे में दाख़िल हुई और उनके तख़्त के नीचे रखी हत्थेवाली हरे रंग की तिपाई को तीखी-सी आवाज़ के साथ घसीटकर बाहर निकाला और खींचती हुई घड़ीवाली दीवार के पास ले गई। फिर उसने अपनी छींटदार सफ़ेद और बैगनी साड़ी जिसे वह अमूमन घर पर पहने रहती थी, का पल्ला कमर में कसके खोंसा और बाटा की हवाई चप्पलों को फट-फट करते हुए उतारकर तिपाई पर चढ़ गई। एक गीले चिथड़े से उसने घड़ी के फ्रेम को बड़ी मुस्तैदी के साथ घिसना शुरू किया। यह घिसाई उसका रोज़ का नियम था। वह उसको रगड़ती जाती और घड़ी का बूढ़ा चेहरा बराबर नई होती हुई ज़िन्दगी से दीप्तिमान हो उठता। उसने आहिस्ता-से, बड़े एहतियात के साथ डॉयल के सामने लगे काँच के दरवाज़े को खोला और 'किर-किर' की आवाज़ के साथ उसमें चाबी भरना शुरू किया।

देवीबाबू ने हरिराम सिंह के जाने के बाद अख़बार उठा लिया था और आर्थिक पन्ने को खोले, उनके चमड़े के बटुए जैसे चेहरे पर उत्तेजना की थिरकन दिखना शुरू हो रही थी। घड़ी की आवाज़ सुनकर उन्होंने अख़बार को बेसब्री के साथ खड़खड़ाया और एक पल पन्ने पर से नज़र हटाकर मालती की तरफ़ देखा। मालती से कोई प्रतिक्रिया न मिली तो एक बार खँखारकर उन्होंने इस बात का एलान किया कि उन्होंने ग़ौर कर लिया है कि मालती उनसे ज़्यादा घड़ी पर ध्यान देती है। फिर एक खिसियाई-सी

आवाज़ में उन्होंने पूछा—"क्या पीछे हो गई थी ?"

मालती ने जैसे किसी और सवाल का जवाब दिया—"आज सोमवार है।" इस तिरछे-से जवाब में देवीबाबू ने मालती के शोर मचाने की जायज़ वजह ढूँढ़ ली और वह एक घायल-सी ख़ामोशी में लुढ़क गए। उनके अन्दर "कल रात मैं बिल्कुल नहीं सो पाया" का जुमला, जो मालती के आगे निकलने को मचल रहा था, इस ख़ामोशी में धँस गया, जैसे वह पोली मिट्टी हो।

मालती देवीबाबू की दूसरी पत्नी थी और उम्र में उनसे काफ़ी छोटी थी। मालती का क़द कम था और मिज़ाज में शोख़ी ज़्यादा। उसके गालों पर दोनों तरफ़ होंठ जहाँ ख़त्म होते थे, ज़्यादा हँसने की वजह से लकीरें पड़ गई थीं जो किसी चिड़िया के फैले हुए पंखों की याद दिलाती थीं। देवीबाबू जब मालती का चेहरा देखते तो उनकी नज़र इस पक्षी की अनन्त उड़ान पर अटक जाती, जैसे पिंजरे में बन्द एक चिड़िया आसमान में आज़ादी से उड़ती दूसरी चिड़िया को रश्क के साथ देखती हो।

मनचली मालती के साथ कुछ पता नहीं चल पाता था कि वह किस बात पर एकदम से खुश या ख़फ़ा हो जाएगी। जब वह ग़ुस्सा होती थी तो उसके माथे पर त्यौरी एक काली लट की तरह चिपक जाती थी और ऐसे मौक़ों पर उसका पैर पटकने का एक अन्दाज़ था जिससे देवीबाबू थर्राते थे। वह एकदम से तेज़-तेज़ चलने लगती थी और चारों तरफ़ के माहौल में जैसे बिजली की लहर दौड़ जाती थी। उसके चलने, कन्धे उचकाने और हाथ मटकाने में मायने का एक समस्त भूगोल था जिसे समझने की क्रिया देवीबाबू को चक्कर में डाल देती थी। पुराने दिनों में वह उसे कोई किस्सा सुनाकर हँसा दिया करते थे पर अब तो वे चुपचाप ही बैठे रहते थे—देवीबाबू अपनी आरामकुर्सी पर अधलेटे हुए, और वह अपने सफ़ेद हाथ गोद में सँभालकर रखे, जैसे कि वे दो चंचल खरगोश हों जिन्हें शान्त रखने का ज़िम्मा उसे ही सौंपा गया हो।

शादी इतनी पुरानी हो जाने के बाद, जब देवीबाबू रिटायर हो चुके थे, और बच्चे बड़े होकर अपने-अपने ठिकाने जा लगे थे, तो कुछ कहते रहना ज़रूरी तो था नहीं। पर देवीबाबू को मालती के इस चुपचाप बैठने में, जो अमूमन अपने चारों तरफ़ शोर का एक दायरा खींचे रहती थी, प्रेम का एक तरह का इज़हार मालूम देता था—एक तरह का। मगर हाल में देवीबाबू ने

बढ़ते विस्मय के साथ ग़ौर किया था कि यह ख़ामोशी उनके बीच एक गहन सन्नाटे में बदलती जा रही है।

इसकी वजह थी। बढ़ती उम्र के साथ देवीबाबू अपने शरीर की क्रियाओं में और उसके तेज़ी से तबदील होते जुग्राफ़िए में हद से ज़्यादा मुबतिला रहने लगे थे। रहस्यमयी ढंग से उनके शरीर ने एक पिंजरे की सूरत इख़्तियार कर ली थी जिसमें से निकल पाने का कोई हीला उनके सामने नहीं आता था। किसी दिन कमर में, किसी दिन कूल्हे में दर्द बड़े इत्मीनान से नीचे उतरता, दोनों रानों से होता हुआ, घुटनों की पहाड़ी तय करके, पिंडलियों पर आसानी से फिसलकर, टख़नों के मुक़ाम पर जाकर घर कर लेता था, जैसे कि कोई मोटरकार किसी पहाड़ी रास्ते से ख़रामा-ख़रामा घाटी में उतर आई हो।

दर्द न होता तो खाँसी एकबएक आने लगती; मालूम होता कि किसी ने उनको कसके झिंझोड़ दिया है और दम लेने की मोहलत न मिलती। सीने के खोखल में से, दूर कहीं से अजीब-ओ-ग़रीब आवाज़ें आतीं, जैसे किसी दूर देश में कोई विचित्र ज़बान बोली जा रही हो जिसे समझने में वह नाकामयाब थे और जो उन्हें हैरान और बौखलाया हुआ छोड़ देती थी। कभी सिर के किसी कोने में दर्द एक धुँधली-सी याद की तरह उभरता और जब तक वह 'सूमो' टैबलेट खाकर, माथे पर 'टाइगर बाम' मलकर लेट नहीं जाते, उन्हें राहत न मिलती। ब्लड प्रेशर अलग अर्श-ए-मुअल्ला पर पहुँचा हुआ था, जिसे नपवाने हर दूसरे दिन उन्हें डॉ. अग्रवाल के यहाँ जाना पड़ता था और जिसकी वजह से टहलना लाज़मी हो गया था। अगर पैरों का दर्द टहलने दे तो।

इस जिस्मानी उतार-चढ़ाव की वजह से उनका ज़हनी तवाज़ुन भी कभी ऊपर कभी नीचे होने लगा था और वह अपने को तरह-तरह के डर और शक-शुबहों की गिरफ़्त में पाते थे। कभी तो यह शक जायज़ होते थे, पर हाल में देवीबाबू ने अपने को अपनी भयंकर कल्पनाओं के हवाले छोड़ दिया था। ज़ाहिर है इसका असर यह भी हुआ था कि ज़िन्दगी के दूसरे पहलुओं में उनकी दिलचस्पी कम होती गई थी। हाँ, शेयर बाज़ार के साथ वह मुसलसल उलझे रहते थे। अजीब ही था एक बीमार आदमी का माया की ओर इस तरह का खिंचाव। वह रोज़ अख़बार अपनी लागतों की ताज़ा जानकारी लेने के लिए निहारा करते और फिर मेज़ पर से अपनी फाइलें

उठाकर देर तक उनका अध्ययन करते, जिनकी धूल से उन्हें खाँसी का दौरा आ जाता। फिर मालती को इन लागतों के बारे में वह बड़े जोश के साथ समझाते।

इतने दूर-दराज़ शहर में रहते हुए भी, ग्यारह सितम्बर को हुए अमेरिका पर आतंकवादी हमले ने उन्हें हिला दिया था।

"अब देखो, यह वर्ल्ड ट्रेड सेंटर पर हमले और अमेरिकी शेयर बाज़ार में हलचल का अपने ऊपर क्या असर होता है..." देवीबाबू ने कहा।

पर अफ़सोस कि मालती को शेयर बाज़ार के उतार-चढ़ाव में रत्ती भर दिलचस्पी न थी। और देवीबाबू के अपने शरीर के लम्बे-चौड़े बयानों से भी वह बेहद बोर हो गई थी। वह अभी बूढ़ी होने को तैयार नहीं थी। उसे लगता था उसने अभी-अभी सुनहरे प्रकाश में छलाँग लगाई थी और वह एकदम हल्की, हवा में तैर रही थी। सैंतालीस साल की उम्र में वह अपने उरूज पर थी। जिज्ञासा उसमें देर से जागी थी पर जागने के बाद वह हर स्वाद का मज़ा लेना चाहती थी। हर चीज़ के बारे में जानना चाहती थी। काश, वह समय को रोक पाती, पर समय का तो काम था गुज़रना।

घड़ी में एक आख़री बार चाबी घुमाकर, उसने चाबी निकालकर पेंडुलम वाले ख़ाने में रख दी और शीशे का दरवाज़ा बन्द करके वह हिफ़ाज़त से तिपाई पर से उतरी। बाहर अचानक मौसम बदल गया था और बूँदें पड़ने लगी थीं। वह जल्दी से आँगन में गई और अलगनी पर से कपड़े, जो उसने अभी-अभी डाले थे, एक-एक करके उतारकर आँगन से लगे छोटे-से बरामदे में तार पर डाल दिए। आँख के एक कोने से उसने देखा एक नेवला अपने पीछे कई छोटे नेवलों की फ़ौज लेकर नाली पर जड़े पत्थर के पीछे ग़ायब हो गया। आँगन के कोने में, काई और चूने से बराबर की मिक़दार से पुती दीवार के पास धूल से लदा, एक पुराना रामबाँस का पेड़ था। उसकी मांसल हरी, सुरमई-सी पत्तियों की किसी ख़तरनाक हथियार से मिलती-जुलती नोकें पेड़ के इर्द-गिर्द एक नुकीला दायरा खींचे थीं और इस घेरे के बीच से उठता लम्बा, सुडौल बाँस जिसकी वजह से पेड़ को यह नाम मिला था। यह पेड़ किसी माली ने उसे बताया था, तीस सालों में एक बार फूलता है। वह बरामदे में खड़ी होकर कुछ देर इस पेड़ को देखती रही। उसने ग़ौर किया कि बाँस की फुनगी पर बिल्कुल महीन, छोटी-छोटी सुनहरी कलियाँ आ रही हैं। अचानक दिखनेवाला यह नज़ारा उसको एक उपलब्धि की तरह जान

पड़ा। बग़ैर ध्यान दिए, वह गुनगुनाने लगी और देवीबाबू के कमरे में दोबारा दाख़िल हुई कि उनसे पूछे वह चाय तो नहीं पिएँगे।

उसने देखा देवीबाबू कमरे में नहीं हैं।

"ओह ! तो जहाँपनाह सिंहासन पर हैं !" वह बोली और एक अदम्य खिलखिलाहट उसके अन्दर से बुलबुले की तरह उठती हुई मालूम हुई और वह हँस दी। उसने इधर-उधर देखा, हालाँकि वहाँ कोई भी नहीं था। काठ का उल्लू अलमारी पर बैठा अपने बड़े-बड़े कान से सुन रहा था। उसने उल्लू को एक वहशी निगाह से देखा और मुँह चिढ़ाती हुई बाहर आ गई।

'सिंहासन' पर, अपनी मुकर्रर जगह पर बैठे, बाबू देवीदीन ने गहरी साँस ली जो कि बहुत दूर अन्दर फैले सर्द बियाबान से उठती हुई मालूम हुई और उन्होंने सोचा कि आज सुबह का क़िस्सा उन्हें यहीं तमाम कर देना चाहिए। उनको यहाँ बैठे तक़रीबन चालीस मिनट हो गए, आख़िर क़यामत तक तो बैठे नहीं रह सकते। दर्द और खाँसी तो वह फिर भी बर्दाश्त कर लेते थे। उनकी असली जंग तो क़ब्ज के साथ थी, जिस जंग में बड़ी जद्दोजहद के बाद ही उन्हें फ़तेह मिलती थी। मगर ऐसी फ़तेह भी क्या फ़तेह थी। घंटों वह बैठे रहते और इंसानी तक़दीर की पेचीदगी पर ग़ौर फ़रमाते हुए हज़ार कोशिशें करते, मगर पेशी न होती। शुरू में, क़ब्ज़ के बचपन के दिनों में, वह अख़बार लेकर अन्दर जाया करते थे और पढ़ते-पढ़ते अपने जिस्म के फ़लसफ़े को समझने की कोशिश किया करते थे, मगर जल्दी ही उन्होंने पाया कि फ़लसफ़ा तो अपनी जगह है, पर असली काम से तो उनका ध्यान ही हट गया है। फिर वह दिन आए जब कोई आवाज़ उनके भयंकर ध्यान में ख़लल डालने लगी, ख़ासकर उन मोटरकारों के भी हॉर्न की आवाज़ जो कि हर दस-पन्द्रह मिनट पर आया ही करती थी, क्योंकि उनके घर के चारों तरफ़ नई आबादी हो गई थी।

शहर का यह कोना भी फैलकर अब वसीह हो गया था। जहाँ पहले धूल भरी सड़क और एकाध इमली और नीम के दरख़्त दिखते थे वहाँ एक नई बस्ती जैसे रातोंरात उग आई थी। खटिक, पानवाले, ग्वाले, छोटे-मोटे ठेकेदार—जिन्हें देवीबाबू अपने मन में 'छोटे लोग' कहा करते थे—यानी ऐसा तबक़ा जिसके पास हाल में पैसा आ गया था, ने बिना किसी तरह की नागरिक समझदारी का इस्तेमाल किए, बड़ी-बड़ी इमारतें पास-पास बनवा ली थीं। इन इमारतों के बीच सँकरी सड़कों पर, नगर निगम ने, सामूहिक

सफ़ाई को ध्यान में रखते हुए, लोहे के डिब्बेनुमा कूड़ेदान लगा दिए थे, जिनका पेट बढ़ती हुई आबादी के बढ़ते उपभोग के सुबूत से भरा रहता था। जो कूड़ा उसमें नहीं समा पाता था, वह कूड़ेदान के बाहर ही, कभी छोटे, कभी बड़े पहाड़ों की शक्ल में पड़ा रहता था। 'अंकल चिप्स' और 'लहर' नमकीन की मज़बूत पन्नियाँ, आलू, प्याज, केले और मूली के छिलके सड़ने की अलग-अलग अवस्था में संघर्ष करते रहते, बच्चों की कॉपियों के फटे पन्नों में गणित के सवाल गणित के ही अनबूझ सवाल की तरह सड़ाँध की नशीली हवा में फड़फड़ाते और राजश्री गुटखे और कॉलगेट टूथपेस्ट और लाइफ़बॉय साबुन के ख़ाली डिब्बे कूड़ेदान में छलाँग लगाने की क्रिया में पस्त बाहर पड़े रहते। मक्खियों का हुजूम इन सब पर भिनकता और निराश आँखोंवाली डाँगर गऊमाताएँ अपने कोमल नथुने इन पर झुकातीं। इन्हीं सँकरी सड़कों पर अकसर कोई 'मारुति' या 'सेंट्रो' ज़ोर से फ़िल्मी गाने बजाती या हॉर्न की तुर्श आवाज़ से कान बींधती हुई निकल जाती।

दिन-भर यही सिलसिला रहता था। देवीबाबू के घर के बाहर एक नई दुनिया रची जा रही थी। चीज़ों के टूटने और बनने की आवाज़ें लगातार आती थीं। लोहा पिटता था, टीन की चादरें पटकी जाती थीं, कीलों के सिर हथौड़ों से पिच्ची किए जाते थे, लकड़ी का सीना आरी से चाक किया जाता था और छेनी और धुरमुस और कुदालों की अलग-अलग ज़बानों से यह नई दुनिया गूँज उठती थी।

बाबू देवीदीन ने उठने की तैयारी में सोया हुआ पैर हिलाया तो झुनझुनी किसी ख़्वाब की तरह उसमें जाग गई और थोड़ी देर तक पैर को पैर की शक्ल में नमूदार होने का वह इन्तज़ार करते रहे। उनकी नज़र तंग से बाथरूम की दीवारों पर सीलन के निशान और मकड़ी के जालों से होती हुई, नहाने की जगह रखे अधगले लकड़ी के पटरे, नीली प्लास्टिक के मग और बाल्टी, प्लास्टिक की ही साबुनदानी में रखे गुलाबी रंग के लक्स साबुन पर ज़रा देर ठहरकर गोद में रखे अपने हाथ पर लौट आई। उनके हाथ पर महीन नसों का सिलसिला क़ायम था, जैसे किसी खेत को सींचने के लिए ढेरों नहरें बनाई गई हों। इस खेत की दोनों हदों पर, जिसके पीछे हथेली का मैदान शुरू होता था, अधपके बालों के छोटे-छोटे झुरमुट थे। हाथों को देखते हुए उनके अन्दर एक पुरानी-सी आह उठी और वह एकदम से बोले—"हाय, यह खंडहर भी कभी मज़बूत क़िला था।"

उन्होंने अपनी एक्यूप्रेशरवाली भारी और बड़ी-बड़ी चप्पलों में पैर डाले, उनकी चप्पलें जिन्हें देखकर उन्हें हमेशा बड़े-बड़े हवाई जहाज़ याद आ जाते थे, जबकि चप्पलों की हवाई जहाज़ से कोई मुशाबिहत नहीं थी। वॉश-बेसिन के ऊपर टँगा धब्बेदार आईना उनका मज़ाक उड़ा रहा था। न चाहते हुए भी उनकी नज़र आईने पर चली गई—चमड़े के बटुए की-सी ढीली ज़र्द खाल, पीली आँखों पर झुकी भारी भौंहें और गिद्ध के बच्चे की चोंच जैसी लम्बी, बीच से कुछ झुकी हुई नाक। अन्दर उभरती ग्लानि से बचने के लिए वह वहाँ से हट गए और अपनी बैठक में आकर खिड़की के सामने खड़े हो गए।

बाहर नई इमारतों की टेढ़ी क़तार थी। लम्बी और पतली बदशक्ल इमारतें। उन्होंने खिड़की से पूरा सिर बाहर निकालकर ऊपर आसमान को देखा तो आसमान बहुत दूर और बहुत गहरा दिखाई दिया। जैसे किसी कुएँ के अन्दर नीला रूमाल पड़ा हो। उनके घर के ठीक सामनेवाली इमारत में एक राजेश ने प्लास्टिक की पन्नी बनाने की मशीन लगा ली थी जिसकी वजह से देवीबाबू के नीले रूमाल पर चोरी से लगाए गए बिजली के तारों की काली धारियाँ पड़ गई थीं। दिन-भर ऊपर की मंज़िल से नीली-पीली पन्नियाँ हवा में तैरती-नाचती बैलरीनाओं की तरह सड़क पर और कभी देवीबाबू के आँगन में उतरती थीं। इस हमेशा बनती और नई होती हुई दुनिया को देवीबाबू हैरान आँखों से देखते रहे। यह नई, हमेशा सक्रिय दुनिया उनकी अपनी ज़ाती ख़ामोश और एक जगह रुकी हुई दुनिया से कितनी फ़र्क थी। एक पीली बैलरीना उनकी आँखों के सामने से तैरती हुई खिड़की के सामने आकर उतरी।

देवीबाबू ने बैलरीना के अवरोहण को अन्यमनस्क भाव से नोट किया। उनकी नज़र खिड़की के पास, दीवार के कोने पर ठहरी हुई थी। वहाँ एक मकड़ी ने बड़ी होशियारी से एक जाला बनाया था। जहाँ कमरे की दो दीवारें मिलती थीं, वहीं कोने में वह तना था—कितने ही महीन तारों से रचा हुआ एक करिश्मा। इतने क़रीब से देखने पर वह देवीबाबू को एक जादुई करिश्मा ही लगा। शेयर बाज़ार और अपनी ज़हनी पेशकशों में उलझे हुए देवीबाबू का कभी मकड़ी के जाले को इतने क़रीब से देखने का इत्तेफ़ाक़ नहीं हुआ था। ज़िन्दगी में पहली बार वह उसको पास से देख रहे थे, जैसे वह कोई अजूबा हो। बारीक-से-बारीक बाल से भी ज़्यादा विरल था वह, कितना सरल

और कितना जटिल। सपने की तरह पल-भर में ओझल हो जानेवाला। देवीबाबू ताज्जुब में पड़ गए कि इतनी मामूली-सी मकड़ी में इतना सुन्दर स्वप्न बुनने की क़ाबलियत है।

देवीबाबू को लगा वह जाला चमक रहा है; उसमें एक तरह की आभा थी। क्या वह सुनहरे सूत से बुना हुआ था ? खिड़की से दाख़िल होती हुई सूरज की एक किरण उस पर पड़ रही थी। बेहद नाज़ुक तारों से रची यह अलौकिक दुनिया हल्के-से काँप उठी। देवीबाबू की साँस पल-भर के लिए रुक गई। अपने जीवन के इस लम्बे दौर में उन्हें कभी यह ख़्याल नहीं आया था कि कहीं उनके अन्दर भी, तमाम परतों के पीछे, एक कविनुमा इंसान छुपा हुआ हो सकता है। सूरज की किरण जाले पर जिस तरह चमक रही थी, शायद इसलिए, या हो सकता है, इतने महीन तारों की बेमिसाल बुनावट की वजह से, देवीबाबू की कल्पना के तार अचानक झनझना उठे थे। उनका ध्यान अपने अस्तित्व पर से हटकर इस वक़्त किसी और जगत में पहुँचा हुआ था और वह अपने को फूल की तरह हल्का महसूस कर रहे थे। उनको अपने इर्द-गिर्द एक गहरी शान्ति का अहसास हुआ। उनके अन्दर दूर कहीं, बहुत दूर उसी सीने में, जहाँ वह विचित्र ज़बान बोली जाती थी, कोई परछाईं सिहरने लगी, वह हौले से हिली और किसी सोते हुए जीव ने अँगड़ाई ली। उन्होंने अपने को एक निर्मल, रौशन-से अहसास के आग़ोश में लिपट जाने दिया।

मालती हाथ में चाय का प्याला लिए आँगन पार कर रही थी तो उसने देखा रामबाँस की कलियाँ पूरी तरह खिल उठी हैं। दिल में बढ़ते हुए हर्ष के साथ वह देवीबाबू के कमरे में दाख़िल हुई। देवीबाबू शेयर बाज़ार की फ़ाइलोंवाली मेज़ के सामने कुर्सी खींचकर बैठे हुए थे। उनके हाथ में क़लम था और एक फ़ाइल की पीछेवाली दफ़्ती पर वह बड़े ध्यान से पारे खींच रहे थे। मालती ने पास जाकर देखा तो यह पारे घरों में तबदील हो गए। एक अनाड़ी के हाथ से बनाए गए ऊबड़-खाबड़ घर। पर देवीबाबू यह घर बनाने में ऐसे लीन थे, इतना ध्यान उनमें लगाए थे जैसे वह कोई बहुत बड़े कलाकार हों। जब मालती ने चाय का प्याला उनके सामने रखा तब भी उन्होंने ऊपर नहीं देखा।

उनका क़लम काँपता हुआ-सा काग़ज पर बढ़ रहा था। मालती के देखते-देखते उन्होंने घर की छत पर एक आदमी खड़ा कर दिया। आदमी

के हाथ में डोर थी और वह गर्दन घुमाए ऊपर देख रहा था। वहाँ, जहाँ घरों के ऊपर फैले बड़े-से ख़ाली आसमान में एक पतंग तरंगें भर-भरकर उड़ रही थी, जैसे वह डोर से छूटकर दूर अनन्त में लुप्त हो जाना चाहती हो।

एक दूसरा आसमान

एक दिन मेरा पुराना दोस्त बदरी मुझसे मिलने आ गया। हम स्कूल में साथ पढ़ते थे और एक अर्से से मैंने उसे नहीं देखा था। उसके बाल खिचड़ी हो गए थे और चेहरे पर हवाइयाँ उड़ रही थीं। उसकी सफ़ेद शर्ट बदरंग हो गई थी, जूतों पर गर्द की तह थी—जाने कहाँ की ख़ाक छानकर आ रहा था। इतना बदल जाने के बावजूद मैंने उसे फौरन पहचान लिया। वह जूते उतारने लगा और कमरे के अन्दर दाख़िल हुआ तो उसके साथ-साथ पुराने दिनों की हवा का एक झोंका भी अन्दर आ गया। मुझे इमली के दरख़्तों पर ढेला मारना, स्कूल की बिल्डिंग के पीछे कंचों की तिजारत और गुलेल से मारी हुई चिड़िया की गर्म और हल्की, कितनी हल्की धड़कन याद आ गई। मेरे मन में एकदम-से एक दूसरा आसमान खुल गया।

"अरे यार बदरी, इतने दिनों बाद मेरी याद कैसे आई ?" मैंने पूछा।

"नवीन से तुम्हारा पता मिल गया," उसने धीमे-से कहा तो लगा दूर कहीं बादल की गड़गड़ाहट हुई। वह सीधे फ्रिज की तरफ़ बढ़ा और उसके कत्थई मोज़ों की वजह से ज़मीन पर कोई आवाज़ नहीं हुई—उसकी ख़ामोश और फुर्तीली चाल से मेरे मन में बिल्ली का ख़्याल आया।

"तुम में अब भी वही खिलाड़ियोंवाली चुस्ती है," मैंने कहा। "तुम्हें देखकर मुझे बिल्ली याद आ गई।"

और यह कहते हुए मैंने अपनी नज़र उसकी मूँछों पर टिका दीं, जिनके नर्म बाल भी सफ़ेदी के रास्ते चल पड़े थे।

"बिल्ली एक हद दर्जे की रहस्यमय चीज़ है। तुमने कभी उसके बारे में सोचा है ? उसके शरीर और इन्द्रियों का ऐसा बारीक तालमेल—कोई भी

आवाज़ उसके लिए आवाज़ नहीं, अहसास है। और उसके दिमाग़ की नफ़ासत न पूछो। कुछ भी कहो वह एक ऊँचे दर्जे की, विकसित जीव है।"

मैंने नहीं सोचा था कि मेरे इतने से कहने पर वह बिल्लियों की तारीफ़ में यह लम्बा-चौड़ा बखान देने लगेगा। मुझे अजीब लग रहा था कि हम इतने वर्षों बाद मिले हैं तो बिल्लियों की बात कर रहे हैं। उसने फ्रिज़ का दरवाज़ा खोला और थोड़ा परखने के बाद उसमें से पानी की सबसे ठंडी बोतल निकाल, सिर पीछे फेंककर गट-गट-गट एक ही बार में पी गया। मैं उसे हैरानी से देख रहा था। इतना बदल जाने के बावजूद वह एकदम नहीं बदला था। उसकी शख़्सियत में वही आसानी और आत्मविश्वास अब भी मौजूद थे। पानी पी लेने के बाद उसने खाने को कुछ ढूँढ़ा और डबल रोटी, मक्खन निकालकर उसका सैंडविच बनाने लगा। यह देखते हुए कि मैं उसी को देख रहा हूँ, वह एकदम-से बोला—

"यार, बुरा न मानना, मैं तुम्हारे घर में एकदम फ्री हो गया हूँ...बहुत भूख लगी है, कटरे से पैदल चलकर आ रहा हूँ...फिर यह मेरे पुराने दोस्त का घर है।"

"हाँ, हाँ, तुम्हारा ही घर है।" मैंने कहा, पर मन-ही-मन मैं सोच रहा था कि अच्छा हुआ फ़रज़ाना घर पर नहीं है। होती तो ज़रूर उसको बदरी की बातें और हरकतें अटपटी लगतीं। जिस तरह अम्मी को लगा करती थीं।

बहुत दिनों पहले, जब मेरी शादी नहीं हुई थी, वह इसी तरह एकदम-से किसी दिन धमक पड़ता था और अपनी बेतकल्लुफ़ी और विचित्र बातों से अम्मी को हैरत से भर देता था। कभी आकर कई-कई हफ़्ते हमारे घर रह जाता, लगता ही नहीं था कि उसे किसी बात की जल्दी है। शायद यह आदत उसे स्कूल के दिनों से ही पड़ी हुई थी जब वह होस्टल से हमारे घर आ जाता था। मैं इलाहाबाद का ही रहनेवाला था मगर उसका घर आज़मगढ़ में था। अकसर ईद-बकरीद पर या किसी और छुट्टी में वह मेरे साथ आ जाता और अम्मी उसे सिवइयाँ और कबाब खिलाया करती थीं। एक बार मैं भी उसके साथ आज़मगढ़ गया था और उसका घर देखा था—आबादी से दूर एक मिट्टी के टीले पर खड़ा खपरैल की छतवाला पुराना घर। फिर बहुत दिनों तक, कई साल बाद, जब उसे नौकरी की तलाश थी, वह हमारे ही घर रहा। यह सिलसिला महीनों चला।

उन दिनों मैंने भी वकालत नई-नई शुरू की थी और मेरे लिए वे संघर्ष के दिन थे। कई महीने वह हमारे घर रहा। नौकरी ढूँढ़ने की कोशिश करता रहा। आख़िर उसने नौकरी करने का इरादा तर्क कर दिया और वापस अपने घर आज़मगढ़ चला गया। उसने वहाँ एक इंग्लिश सिखाने का 'कोचिंग इंस्टिट्यूट' खोलने की योजना बनाई थी जिसकी चर्चा वह बहुत दिनों तक बड़ी बारीकी से मुझसे करता रहा था। उसके बाद वह कई साल तक ग़ायब हो गया। एकाध बार जल्दी-जल्दी में आया तो फौरन चला गया। फिर एक साल उसने आकर बताया कि उसका ससुराल इलाहाबाद मुट्ठीगंज में हो गया है जहाँ उसके ससुर का बर्फ़ का कारख़ाना है। अब जब भी वह इलाहाबाद आता वहीं ठहर जाता। मेरे घर, याद नहीं आता, उसके बाद वह फिर कब आया, मैंने हिसाब लगाया कि मैंने उसे शायद सात-आठ साल से नहीं देखा होगा। पर यह भी कोई ताज्जुब की बात नहीं थी—उसकी आदतें हमेशा से अजीब थीं और मैं उसके अटपटेपन का खूब आदी था। वह मेरा पुराना दोस्त था।

आख़िर वह खा-पीकर तृप्त हुआ और सोफ़े पर पैर फैलाकर बैठ गया। उसने एक जेब से चूने की छोटी-सी डिबिया निकाली और उसमें खोदने लगा, फिर दूसरी जेब से सुर्ती और सुपारी निकालकर, हथेली पर मलकर फाँका तो मैंने देखा उसके दाँत बदरंग होकर घिस गए हैं। मुझे उसके उन दिनों के दाँत याद आए, जो थोड़े ऊबड़-खाबड़ थे मगर बिल्कुल सफ़ेद। जहाँ वह बैठा था वहाँ खिड़की पर पड़े झीने-से सफ़ेद पर्दे से छनकर दोपहर की धूप की एक फाँक उसके चेहरे की बाईं तरफ़ पड़ रही थी। धूप की इस तिरछी-सी फाँक में धूल के हज़ारों कण एकदम से उजागर हो गए जो कि अमूमन बिल्कुल दिखते ही नहीं थे। मैंने उन्हें आश्चर्य से देखा। मुझे पता नहीं था कि मेरे चारों तरफ़ एकदम साफ़ दिखनेवाले वातावरण में धूल के इतने छोटे-छोटे कण मौजूद रहते हैं और साथ-ही-साथ उससे लगा हुआ ख़्याल मन में उंभरा कि असलियत हमेशा वही तो नहीं होती जो दिखती है।

दीवार से सटी हुई मेज़ पर लदी मेरी क़ानून की फ़ाइलों पर एकदम से उसकी नज़र पड़ी तो उसने पूछा,"मज़े में हो न ? प्रैक्टिस-चैक्टिस चलती है कि नहीं ?"

उसके पूछने का ढंग मालिकाना था, जैसे कि प्रैक्टिस न चलती हो तो

वह चलवा देगा। उसके इस तरह से पूछने पर मुझको लगने लगा कि शायद मेरी प्रैक्टिस नहीं चलती। मेरी आँखों के सामने काला कोट पहने एक निरीह टूटे-फूटे से वकील की तसवीर घूम गई जो रोज़ कचहरी जाता है और शाम को थका-माँदा लौटता है—रोज़ कुँआ खोदता है तो रोज़ पानी पीता है—यानी मैं, अल्ताफ़ अहमद। वैसे भी मैं आजकल कुछ ज़्यादा परेशान रहने लगा था। ऐसा नहीं था कि मेरी अपनी ज़ाती ज़िन्दगी में कोई गड़बड़ हो। फ़रज़ाना और मैं अमन-चैन से ज़िन्दगी बसर कर रहे थे। यूँ किसी-न-किसी छोटी बात पर उठापटक किस मियाँ-बीवी में नहीं होती। पर मामला उससे ज़्यादा नहीं बढ़ता था।

दरअसल, हाल में गुजरात में हुई हिंसा ने मुझे हिला दिया था। रहता तो मैं वहाँ से सैकड़ों मील दूर था पर डर एक दरिया था जिसमें सैलाब आ गया था। दरिया में से उबल-उफनकर डर सारी हदें तोड़ता हुआ चारों तरफ़ फैल रहा था। मैं इस सैलाब में ग़ोते खा रहा था। कितने लोग ज़िन्दा जला दिए गए थे, मार डाले गए थे, हज़ारों लोग, मेरे जैसे। हज़ारों घर तबाह हो गए थे। मेरा घर तबाह नहीं हुआ था। मैं तो अभी तक महफ़ूज़ था। पर मेरे ज़हन में भी आग फैलने लगी थी।

कभी ऐसा होता कि राह चलते मुझे कोई बुर्क़ापोश औरत दिख जाती। फ़ौरन मेरा दिमाग़, बग़ैर मेरी मर्ज़ी के, हिसाब लगाने लगता कि उसके बुर्के में कितनी जल्दी आग लगेगी; आग ऊपर से फैलेगी या नीचे से। दाढ़ियों को देखकर ख़ास तौर पर मेरे दिमाग़ में आग का ख़्याल आ जाता। बिल्कुल बेहंगम, बिना सिर-पैर की बातों का मेरे अन्दर सिलसिला क़ायम हो गया था। अजीब-सा हो रहा था मैं, कुछ ज़्यादा ही घबराया हुआ और मायूस। आख़िर तो मेरे ऊपर कोई मुसीबत आई नहीं थी। मैं तो अपनी निहायत ही मामूली-सी ज़िन्दगी बसर कर रहा था, रोज़ी-रोटी कमाने की फ़िक्र में मुबतिला। सियासत से मेरा कोई लेना-देना रहा नहीं था, कभी भी, किसी स्तर पर। किसी भी ज़ाहिर मज़हब के माननेवालों में से मैं नहीं था, न ही किसी भी धार्मिक या राजनीतिक गुट में मेरा शुमार था। मैं तो न इधर में था, न उधर में ही, मुझे खुद ही इल्म नहीं था कि मैं किधर हूँ। दरमियान में ही, रोज़मर्रा की धक्कमपेल में ही कहीं खोया हुआ था मैं।

पर इसी रोज़मर्रा के दौरान, अपनी मामूली-सी दिनचर्या में चक्कर काटते हुए, अब दिल में एक फाँस गड़ गई थी। अपने जानते मैंने किसी

को कोई नुकसान नहीं पहुँचाया था। मैं अपनी ज़िम्मेदारियाँ हमेशा निभाता आया था, एक अच्छा नागरिक था। फिर भी, हाल में मुझे लगने लगा था कि सब मेरी तरफ़ सवालिया निगाहों से देख रहे हैं; कि मैं किसी तरह से और लोगों से कम हूँ, फ़र्क हूँ। मैंने आख़िर किया क्या था, मेरा जुर्म क्या था ? पर जुर्म करने का अहसास मेरे पीछे लगा हुआ था। कभी सोचता कहीं चला जाऊँ, पर जाऊँ तो कहाँ जाऊँ ? यही तो मेरी मिट्टी थी। शायद मेरा नाम ही ग़लत था। अल्ताफ़ अहमद। और इस नाम को बताने में मेरी जबान लड़खड़ा जाती, जैसे मुझसे कोई ग़लती हो गई हो। अपनी इस झिझक से मुझे नफ़रत हो रही थी।

रात को मेरे सोते हुए कानों में अस्पष्ट-सी रोने-चिल्लाने की आवाज़ें एकदम से गूँजने लगतीं और मैं बिस्तर पर कड़बड़ाकर उठ बैठता। उठते ही शोर की जगह एक घना, शून्य से ठसाठस भरा सन्नाटा ले लेता—कुछ ऐसा लगता कि इसे चाकू से काटूँ तो इसके टुकड़े अलग-अलग कटकर गिर पड़ेंगे। यह भी एक भयावह अनुभव था, शोर के उस नगर से इस ख़ालीपन तक का सफ़र। अपने ही ज़हन में एक जगह से दूसरी तक जाना। और ज़हन में आग तो फैल ही रही थी।

बाहर भी आग ही आग थी। जून का महीना और पानी का नामोनिशान नहीं। धूल से लैस झुलसानेवाली आँधियाँ आए दिन आतीं, लोगों को तड़पातीं, पेड़ों को गिरातीं-रौंदतीं, तहस-नहस करतीं, पर मजाल है जो पानी की एक बूँद भी बरस जाए। सब्ज़ा जलके ख़ाक हुआ जा रहा था। आसमान लाल भभूका हो जाता था और रोज़ मैं उस पर नज़र गड़ाए अपनी खिड़की पर खड़ा होता, जैसे कि मेरे ही उस पर नज़र गड़ाए रखने से उसमें से पानी का सोता फूट पड़ेगा। पर कहाँ का पानी, कैसी बारिश ? बादल के लापरवाह-से टुकड़े आसमान में टहलते दिखते, जैसे कोई अपने बगीचे में सैर करने निकला हो, फिर वह ग़ायब हो जाते। मालूम होता उनका बारिश से दूर-दराज़ का भी रिश्ता नहीं है।

इन्हीं मुश्किल दिनों में एक दोपहर देखता क्या हूँ कि बदरी दरवाज़े पर खड़ा है। उसे देखकर मैं बहुत खुश हो गया, जैसे कि चिलचिलाती धूप में एकदम से मैंने अपने को एक झरने के सामने पाया हो। बदरी मेरे बचपन का दोस्त था—हमारी दोस्ती क़रीब-क़रीब चालीस साल पुरानी हो चुकी थी। हम एक-दूसरे के स्वप्न और दुःस्वप्न दोनों से ही वाक़िफ़ थे। चालीस साल

बहुत लम्बे होते हैं, उनकी पहुँच तो जड़ों तक होती है। इतने दिनों बाद मुझे देखकर उसके चेहरे पर भी इत्मीनान आ गया था।

अब सोफ़े पर पैर पसारकर उसने अपना प्रश्न दोहराया—"क्यों, प्रैक्टिस चल रही है ?"

"हाँ, हाँ यार, काम चल रहा है ! तुम अपना हाल तो बताओ ! तुम्हारी 'इंग्लिश कोचिंग' का क्या हुआ ?"

"अरे तुम तो अभी वहीं के वहीं अटके हो ! वह तो पुरानी बात हो गई !" वह बोला, जैसे कि मेरी ग़लती हो कि मुझे उसका नया हाल नहीं मालूम।

"कोचिंग तो कब की ठप हो गई। लड़कों के मुँह से 'ए बी सी डी' बुलवाने में मैं ही 'चीं' बोल गया !"

अपने इस मज़ाक पर वह ठहाका मारकर हँसा तो मुझे उसके बदरंग दाँत और गले के पीछे का हिस्सा दिख गया जैसे वह एक सुरंग हो। शायद उसको तम्बाकू की बुरी लत लग गई थी।

"तो फिर?" मैंने पूछा।

"फिर क्या। हर चीज़ का 'फिर' होता है क्या ? आज़ाद पंछी हूँ, जिस डाल पर चाहूँ बैठ जाऊँ !"

उसकी बेपरवाही की बातों के बावजूद वह काफ़ी थका हुआ और बुझा-बुझा-सा दिख रहा था। मैंने उसकी तरफ़ प्यार से देखा। उसके चेहरे पर दो-तीन दिन पुरानी दाढ़ी के छोटे-छोटे बाल थे और उन पर मेरी नज़र पड़ी तो मुझे वे दिन याद आए जब वह अपने चिकने गालों पर रेज़र चलाया करता था कि उन पर जल्दी से दाढ़ी उग आए। मगर आज उसने शेव नहीं किया था। इतने सालों बाद उसे देखने पर मुझे लगा जैसे उसे किसी बूढ़ा करनेवाली मशीन के अन्दर डाल दिया गया हो और उसका जवान चेहरा रातोंरात उम्र के निशानात से भर गया हो। उसका शरीर भी ढल गया था।

उसने भी मेरे बारे में सोचा होगा कि मैं बूढ़ा हो गया। मेरी दाढ़ी तो एकदम सफ़ेद हो गई थी। अगर मैं इसे मुँड़वा दूँ तो बिल्कुल जवान दिखूँगा। फ़रज़ाना महीनों से मेरे पीछे पड़ी थी कि मैं इसे मुँड़वा दूँ। इन गर्मियों में ज़रूर मुँड़वा दूँगा, मैंने सोचा था। मगर अब मैं अपनी दाढ़ी से ऐसा चिपका था जैसे वह दुनिया की सबसे क़ीमती चीज़ हो; एक ही ऐसी चीज़ जिसे मैं किसी भी क़ीमत पर खोना नहीं चाहता था। मैंने कहा न, अजीब तरह

का हो रहा था मैं।

"इलाहाबाद किसी ख़ास सिलसिले में आए ?" मैंने पूछा।

"भूल गए क्या कि मेरा ससुराल इलाहाबाद में है ?" उसके लहजे में थोड़ी शिकायत थी।

"नहीं, नहीं, वह तो मालूम है। तो बर्फ़ की ठंडक लेने आए हो।" कहकर मैं थोड़ा हँसा।

"विभा कुछ दिनों के लिए आना चाहती थी, मैं भी चला आया...सोचा तुमसे भी मिल लूँगा...फिर ख़ाली ही तो बैठा था !"

एकदम से वह उठ खड़ा हुआ जैसे कि ख़ाली बैठना तो वह बिल्कुल सहन ही नहीं कर सकता, और खिड़की के सामने जाकर खड़ा हो गया। खिड़की घर के पिछवाड़े में खुलती थी। मेरे घर की हद खिड़की से दो-चार फुट की दूरी पर ही ख़त्म हो गई थी और सामने पड़ोसी के बगीचे का कोना था। बेइन्तिहा गर्मी में बगीचा वीरान पड़ा था। दो बड़े-बड़े आम के पेड़ दीवार के पास ख़ामोश राक्षसों की तरह खड़े थे। इस साल उनमें एक भी आम नहीं लगा था, बस धूल से भरे गहरे हरे रंग के पत्ते और पेड़ों के ऊपर मँडराते ढेरों टिड्डे। आकाश के बैंगनी ज़ीने पर से साँझ आहिस्ता-आहिस्ता उतर रही थी। एकदम से उजड़े हुए बगीचे से झींगुरों का शोर उठा और साथ-ही-साथ पड़ोसी के बावर्चीख़ाने से प्रेशर कुकर की सीटी की आवाज़ आई।

बदरी सोच में डूबा था। पता नहीं क्या सोच रहा होगा, मेरे लिए जान पाना मुश्किल था। फिर उसने हाथ के इशारे से, थोड़े नाटकीय ढंग से मुझे अपने पास बुलाया। मैं उठकर गया तो उसने बिल्कुल धीमी आवाज़ में, लगभग फुस-फुसाकर बातें करना शुरू किया, जबकि कमरे में उसके और मेरे सिवा कोई भी नहीं था जो कि सुन सकता था। शायद बोलने से पहले वह मन में बात को कुछ देर तक तोलता रहा था।

"आज मैं तुम्हें एक बात बताना चाहता हूँ जो मेरे और विभा के अलावा किसी को नहीं मालूम..."

"अच्छा ?" मैं ज़रा चौंका "कौन-सी बात ?"

"बहुत जल्दी मैं करोड़पति बननेवाला हूँ। इतने साल मैंने नौकरी की तलाश में जूतियाँ चटकाई हैं, दर-दर खुशामद करता रहा हूँ। पर अब मेरे दिन फिरनेवाले हैं...प्रॉब्लेम फ़िनिश्ड।"

उसने अंग्रेजी में, विजय के स्वर में एलान किया और हाथ आड़ा उठाकर उससे हवा को काटा जैसे किसी नामालूम चीज़ को काटकर गिरा दिया हो।

"मगर हुआ क्या है ? कुछ बताओगे नहीं...क्या गड़ा हुआ धन मिल गया है ?" मैंने तो मज़ाक किया था पर मेरी बात सुनकर जैसे वह सकते में आ गया और थोड़ी देर चुप होकर वह मुझे आश्चर्य से देखता रहा। आख़िर बोला–

"अरे यार ! क्या तुम मेरा दिमाग़ पढ़ लेते हो ? मेरे घर के नीचे सोना ही तो गड़ा है।" न जाने करोड़पति बनने की उसने कौन-सी योजना मुझे बताने के लिए सोची होगी जिसका विश्वास वह मुझे दिलाना चाहता था; शायद लॉटरी खुलने की बात करता या कोई अचानक मिलनेवाली वसीयत का ज़िक्र करता, पर अब उसने मज़ाक में कही गई मेरी बात को सफ़ाई से जैसे हवा में ही लोक लिया और उसका सत्य साबित करने में फ़ौरन लग गया।

"असल में यह मेरे परदादा के समय का सोना है ! तुम तो जानते हो हमारा घर कितना पुराना है ? अम्माँ के पूजाघर के बग़ल में एक छोटी-सी अँधेरी कोठरी है। उसमें मुझे एक काला सन्दूक मिला जिस पर बड़ा-सा ताला लगा हुआ था। मैंने ताला तुड़वा दिया। जानते हो अन्दर क्या मिला ?"

मेरे कुछ कहने का इन्तज़ार किए बग़ैर ही वह आगे बढ़ गया–"एक पीले-से काग़ज पर हमारे घर का एक बहुत पुराना नक्शा था जिस पर एक जगह लाल स्याही से निशान लगा था और लिखा था "रुद्रप्रसाद का सोना !" यानी मेरे परदादा का सोना !"

खिड़की से अन्दर आए हवा के झोंके के साथ उसके उजड़े हुए बालों में हल्की-सी जुम्बिश हुई और उसका मुर्झाया हुआ चेहरा खिल उठा। झींगुरों के अनवरत गान और बाहर की बैंगनी संध्या ने वातावरण में एक विचित्र-सा तिलिस्म पैदा कर दिया था। मुझे लग रहा था कि हम किसी अद्‌भुत नाटक के किरदार हैं और किसी भी पल पर्दा खुलेगा और हमें दर्शकों की तालियों की गड़गड़ाहट सुनाई देगी। बात करते-करते उसकी आँखें चमकने लगी थीं और आवाज़ ऊँची हो गई थी। कहानी गढ़ने के मज़े ने उसके चेहरे को पूरी तरह बदल दिया था और उसकी थकान की रेखाओं

के पीछे से खुशी चमकने लगी थी। बात जैसे-जैसे आगे बढ़ी, उसने उसमें और भी कारीगरी करना शुरू किया, जैसे वह कोई जादुई कालीन बुन रहा हो जिस पर बैठकर वह उड़ जाएगा, अपनी सारी समस्याओं से दूर। मेरा भी जी चाहता था कि समस्याओं को दूर छोड़ कहीं भाग जाऊँ। हम दोनों की ही अपनी-अपनी मुश्किलें थीं जिनको हम अलग-अलग तरह से झेल रहे थे।

वह फिर बोला, "मैंने वह जगह ढूँढ़ ली है जहाँ सोना गड़ा है...।"

मैं अपने चेहरे को बिल्कुल सामान्य बनाए रहा, उस पर मैंने ज़रा भी अविश्वास उभरने नहीं दिया और ध्यान लगाकर उसकी बातें सुनता रहा, जैसे कि उसकी बातें बहुत ही मामूली हों, जो असम्भव तो हो ही नहीं सकतीं। मैं समझ रहा था कि वह मुझसे यही चाहता है—कि थोड़ी देर के लिए ही सही, मैं उसकी बातों पर पूरा यक़ीन कर लूँ और उससे किसी तरह की बहस न करूँ। मुझे उसे इस तरह की तसल्ली देने से कोई इनकार नहीं था। वह मेरा पुराना दोस्त था और हम हमेशा एक-दूसरे का साथ देते आए थे।

उसने कहा—"मैंने और विभा ने तो खोदना भी शुरू कर दिया है...रात को हम खोदने का काम करते हैं और सुबह को अपना डबल बैड उस गड्ढे पर रख देते हैं कि उसे कोई देख न सके...उस समय सब सोए होते हैं, बच्चे, अम्माँ...कहीं आस-पड़ोस में किसी को पता चल गया तो ख़तरा हो जाएगा।"

"तो कितना खोद चुके ?"

"क़रीब छह-सात फुट हो गया है..."

"कुछ मिला ?"

"अभी तो एक मोर्चा खाया हुआ नीचा-सा दरवाज़ा मिला है...बस अब उसको खोलकर अन्दर जाने की देर है।"

मैं उसको एकटक देखे जा रहा था। उसके ऊपरी आत्मविश्वास के नीचे जटिलता की एक परत आ गई थी जिसे देखना मुझे याद नहीं था। वह कितना उत्सुक था कि मैं उसकी कहानी पर विश्वास करूँ, कि अपने विश्वास से उसे विश्वास से भर दूँ कि अभी उसके लिए सफलता सम्भव है, कि सारे रास्ते अभी बन्द नहीं हुए हैं। क्या वह ज़मीन के नीचे खोदने की कहानी कहते-कहते ही अन्दर खोद रहा था, भीतर कहीं गड़ा हुआ धन

पाने की आशा में ? उसकी कहानी सुनते-सुनते फिलहाल मैं अपनी परेशानी भूल गया था। मेरे कानों में फड़वे और कुदाल के मिट्टी के सीने पर चलने की आवाज़ें आने लगी थीं और फिर लोहे पर पड़े वार की खुरचती हुई आवाज़ के तीखेपन से गिनगिनाकर मैं अपने ख़्यालों से वापस लौटा।

"तो दरवाज़ा खोलते क्यों नहीं ?" मैंने पूछा।

उसने हताश होकर मुझको देखा। "नहीं भाई, बस यही तो बात है...उस दरवाज़े के आगे एक पुराना साँप पहरा दे रहा है...बहुत पुराना काला नाग है, उसकी मूँछें हैं।"

मैंने मन में सोचा कि अब बदरी कुछ ज़्यादा ही कर रहा है। पर ऊपरी तौर पर मैं इस बात को भी सफ़ाई से निगल गया। "चलो, अब देर नहीं है।" मैंने उसको दिलासा दी।

थोड़ी देर बाद वह जाने के लिए उठ खड़ा हुआ।

"मैं तुम्हें आगे का हाल बताता रहूँगा," उसने कहा और गहराती हुई साँझ में निकल पड़ा। मैं दरवाज़े पर खड़ा उसको जाते देखता रहा। अँधेरा तेज़ी से उतर आया था और उसकी पीली पड़ती हुई सफ़ेद शर्ट दूर तक झलकती रही किसी नाव के पाल की तरह, जो अँधेरे समुद्र पर डगमगाती हुई आगे बढ़ने की दिशा खोज रही हो।

दो-तीन दिन बाद बदरी ने अपने ससुर के कारख़ाने से मेरे लिए बर्फ़ की एक पूरी सिल्ली ठेले पर लदवाकर भेज दी—एक अजीब दोस्त का उतना ही अजीब तोहफ़ा। गर्मी में ठंडक पहुँचाने के लिए। ठेले के पास गया तो मैंने देखा कि सिल्ली के ऊपर बड़े-बड़े हरफ़ों में मेरा नाम खुदा हुआ था—अल्ताफ़ अहमद। मेरा ही नाम, किसी एलान की तरह। वही नाम जिसे बताने में मैं हकला जाता था। कितनी सरलता से वह यहाँ लिखा हुआ था, खुले में, सबकी नज़र के सामने। जैसे भेजनेवाले को ख़्याल ही न आया हो कि यह नाम किसी तरह से औरों से फ़र्क है। मैंने एक गहरी साँस ली और मेरी आँखों में एक ठंडा-सा पानी उतर आया।

ठेले पर से सिल्ली कई लोगों की मदद से उतरी। दिन की धूप उस पर इन्द्रधनुष के रंगों में चमक रही थी और वह मुझे चौकोर आकार की किसी आर्क्टिक नाव की तरह लगी। दिन-भर वह मेरे बाड़े में पड़ी धीमे-धीमे गलती रही। बाड़े के बाहर सड़क पर एक पुराना बरगद खड़ा था। गलती हुई बर्फ़ का पानी बरगद की जड़ों में जा रहा था। बरगद बहुत पुराना और

बड़ा सा था। गर्मी की धूप में तोते और हरियल उसके पत्तों में छुपते थे और उसके फल खाते थे। कभी-कभी बगुले और घनेष भी आ जाते थे। इस प्राचीन पेड़ में स्मृति की कितनी परतें होंगी, मैंने सोचा। जीवन और मृत्यु का कितने वर्षों का अनुभव। उसके इतिहास में यह बुरे दिन एक क्षण के बराबर होंगे। इस ख़्याल से मैंने राहत महसूस की।

कगार पर

जनवरी की एक कोहरे से घिरी शाम को क़रीब आठ बजे गिरजे के बग़ल से हौज खास विलेज की तरफ़ जाती हुई पतली सड़क पर दो धुँधले आकार रोशनी के नीचे आकर रुक गए। कड़ाके की ठंड पड़ रही थी। ठंड का तो महीना ही था पर हवा में कुछ ख़ास तरह की गलन थी। ऐसा घना कोहरा भी ग़ैरमामूली था। रोशनी से ज़रा हटकर कोहरे के गोले नाच रहे थे, जैसे धुँए से बने बड़े सफ़ेद हाथी बार-बार आकर एक-दूसरे से टकरा जाते हों। घने कोहरे की वजह से सड़क पर आमदरफ़्त कम थी। कभी कोई गाड़ी अपनी हेडलाइट भुतैली पीली आँखों की तरह चमकाती धीमी रफ़्तार से आगे बढ़ जाती। कार्बन मोनॉक्साइड की गला काटनेवाली गन्ध गीले-से कोहरे से टँग गई थी।

धुँधले आकार रोशनी के नीचे आकर स्पष्ट हो गए, जैसे वे किसी मंच पर खड़े हों, स्पॉटलाइट के नीचे। दो आदमी थे—एक बिल्कुल नौजवान, लड़का ही; दूसरा उम्र की उस ऊँचाई पर, जहाँ से ढलान शुरू होती है। दोनों को ठंड बहुत लग रही थी और ढेरों गर्म कपड़े पहने हुए थे।

"मुझे लगा था मुझे देर हो गई है, पर चलो तुम भी अभी ही आए हो !" मनोरंजन ने कहा। वह बोला तो उसके मुँह से धुँए का एक गोला निकला जैसे कि उसके शब्दों ने ध्वनि के अलावा एक ठोस रूप भी धारण कर लिया हो।

"रुपये लाए हो ?" जावेद ने पूछा। उसके नौजवान चेहरे पर फ़िक्र की लकीरें थीं। गालों की हड्डियाँ उभरी हुई थीं और आँखों पर घनी पलकों की झालर, जैसे वह सुरमा लगाए हुए हो। उसकी आवाज़ में चाकू की-सी धार थी।

मनोरंजन ने अपने 'विंडचीटर' की जेब से रुपयों की एक गड्डी निकालकर उसको दे दी।

"बड़ी मुश्किल से मिले हैं, मैंने अखिलेश से कहा है मैं हफ्ते-भर में लौटा दूँगा।"

"तो लौटा देना !" जावेद ने नोट गिनना शुरू किया फिर बीच में ही बेसब्री से इस काम को छोड़कर गड्डी जेब में रख ली।

"मैंने कहा न, मैं पहुँचते ही तुम्हें रुपए भिजवा दूँगा।" जावेद ने मनोरंजन का चेहरा देखते हुए एक ओढ़ी हुई-सी लापरवाही के साथ कहा।

"तो तुम जा ही रहे हो ?"

"मैं कल ही बम्बई निकल जाऊँगा।"

"इतनी जल्दी क्या है ?"

"तुम जानते हो मैं पुलिस की पूछताछ के बाद किसी तरह से बच निकला हूँ, फिर भी तुम ऐसा कह रहे हो ?"

"तो क्या सच में तुमने उस लड़की के साथ... ?"

"अब तुम भी मुझ पर शक करने लगे। मैंने कितनी बार तुमसे कहा है मैं लड़कियों की तरफ़ देखता नहीं...फिर ऐसी घिनौनी हरकत..." गुस्सा उसकी आँखों के अँधेरे में सहसा बिजली की तरह कड़का फिर फ़ौरन ही उसने अपने ऊपर क़ाबू पा लिया।

"बस मैं कुछ दिनों के लिए यहाँ से चला जाना चाहता हूँ।" उसने ज़रा रुककर कहा।

"तो खाओ मेरी क़सम।" मनोरंजन का चेहरा तमतमा रहा था।

"मैं तुम्हीं को प्यार करता हूँ।" एकबारगी जावेद ने बढ़कर मनोरंजन के हाथ अपने हाथों में कसके थाम लिए। ठंड के बावजूद मनोरंजन ने उनमें पसीने की चिपचिपाहट महसूस ही। उसने झुककर जावेद के बाल पर अपने होंठ फेरे तो उनकी गर्म कोमलता पर उसको छोट-छोटे बालों की चुभन लगी।

"अच्छा तो मैं चला !" जावेद ने कहा, "जल्दी लौटूँगा। देखना, कुछ दिनों में यह मामला ठंडा पड़ जाएगा...फिर मैंने कुछ किया ही नहीं तो मुझे किस बात का डर ?"

"मगर बम्बई में तुम क्या करोगे, कैसे गुज़ारा होगा ? कहाँ रहोगे ?" मनोरंजन घबरा रहा था।

"कोई न कोई रास्ता निकाल लूँगा। कुछ ही दिनों की तो बात है।" मनोरंजन के हाथ पर हल्का-सा दबाव देकर वह कोहरे में ग़ायब हो गया। एक पल वहाँ खड़ा था, दूसरे में ओझल, जैसे कोहरा कोई दानव हो जो उसे समूचा निगल गया हो।

उस शाम को बीते पूरे नौ महीने हो गए थे और जावेद की कोई ख़बर नहीं आई थी। नौ महीने छह दिन, जिनको मनोरंजन ने पहले उम्मीद, फिर हैरत और अविश्वास के साथ गिना था और जिनमें जावेद की याद उसके अन्दर किसी नए जीव की तरह पलती रहती थी। वह अकसर अपने को जावेद के बारे में ही सोचता हुआ पाता था। रुपए वापस करना तो दूर, उसने चिट्ठी भी नहीं लिखी थी; कुछ भी नहीं। क्या हो गया था उसे ? मनोरंजन पसोपेश में था। बार-बार उसने अपने मन में जावेद की छोटी-छोटी बातों पर, उसकी हरकतों पर ग़ौर किया था। उसे मालूम था यह सिर्फ़ उसी का सोच है, जिसका शायद असली जावेद से कोई ताल्लुक ही नहीं, पर उसको लगता था वह इस सोच में से ही शायद कोई खुशी, कोई तसल्ली निचोड़ पाए।

फिर एक दिन अचानक उसका फोन आया –"क्या तुम कल शाम को मुझसे मिलने आ सकते हो ?" बस यूँ ही, जैसे कि वे कल ही मिले हों। जब कि मनोरंजन के लिए इतने दिनों बाद, उससे मिलने की उम्मीद कम होती गई थी। न जाने कब वह वापस आ गया था और कहाँ रहा था इतने दिन। उसके बारे में कुछ भी तो कह पाना मुश्किल था। और उसकी वही आवाज़–रेशम-सी फिसलती हुई, मगर उस फिसलन के पीछे एक बेमुरव्वत-सी धार छुपाए हुए–जिसे सुनकर मनोरंजन के घुटने जैसे पानी हो गए थे। न जाने किस तरह का असर मनोरंजन पर उसका होता था। उसने नज़रों, संकेतों और मुस्कराहटों–उनके आपस की शब्दहीन भाषा– के बारे में सोचा तो उसके बदन पर एकदम से झुरझुरी दौड़ गई।

रात-भर वह जागता रहा। थोड़ी देर को नींद आई तो उसे अहसास हुआ कि उसके चारों तरफ़ पत्ते झड़ रहे हैं–ऊँचे छतनार दरख़्तों से गिरते पत्ते ही पत्ते, हवा में तैरते, लहराते, चरमराते पत्ते जिन्होंने उसे पूरी तरह से ढक लिया और वह जाग गया, उन रौशन पत्तों की चाह की तपिश में जलता हुआ। रात अभी गहरी थी। सन्नाटे में कहीं दूर कुत्ते के रोने की आवाज़ आ रही थी। उसके तसव्वुर में एक पूरा गोल चाँद आया, सेमल के पेड़ की नंगी

डालों में अटका हुआ, और उसके नीचे एक कुत्ता सिर उठाए, रोता हुआ। उसको एकदम से डर महसूस हुआ और उसने पलंग के पास मेज़ पर रखे लैम्प को जला दिया। फ़ौरन दिलासा देनेवाली रौशनी कमरे में फैल गई और कुत्ते का रोना उस दूसरी अँधेरी, बाहर की दुनिया में सिकुड़ गया। उसने घड़ी देखी और पाया कि उसमें अभी सिर्फ़ ढाई बजे हैं। थकान की एक लहर उसे धो गई—जैसे वह ज़िन्दगी भर घड़ी देखता आया हो।

नींद से जागने के क्षण में ही—बल्कि नींद तो उसे आई ही नहीं थी, सोए हुए जागने से जाग जाने की यात्रा में—उसे याद आया कि आज शाम उसे जावेद से मिलना है और उत्तेजना का एक ज्वर उस पर तारी हो गया। शाम किसी जादूगरनी की तरह जगमगाते लिबास पहने उसकी तरफ़ इशारा करने लगी और उसने उस शाम के ख़्याल को अपने सीने के सन्दूक से, जहाँ उसने उसे महफ़ूज करके रख लिया था, अब बाहर निकालकर, उलट-पुलटकर देखा, जैसे वह उसके हाथ में एक ताश का पत्ता हो जिसके सही या ग़लत खेले जाने पर ही उसकी ज़िन्दगी का फैसला निर्भर हो। उसने बत्ती बुझा दी और एक उचटी-सी नींद में ढलंग गया जो कि सड़क पर चलती पहली बस के पहियों के कराहने की आवाज़ से टूट गई और उसने पाया कि भोर का उजास कमरे में दाखिल हो चुका है।

वह उठकर अपनी तीसरी मंज़िल की स्टूडियो बरसाती की छत पर निकल आया। रात देर हो गई थी तो वह घर न जाकर यहीं सो गया था। उसने सोचा था वह बाउल गायकोंवाली स्टडी, जिस पर वह कई दिनों से काम कर रहा था, कल पूरी कर लेगा पर मन अस्थिर था और वह काम नहीं कर पाया था। छत पर हवा तेज़ चल रही थी। वह छत के किनारे लगी रेलिंग के पास आकर खड़ा हो गया। उसका दिल था कि हवा के साथ उड़ा जा रहा था। उसने एक बार दूर तक नज़र दौड़ाई, जैसे कोई बादशाह अपने क़िले की बलन्दी से अपनी मुकम्मल रियासत का मुआयना फ़रमा रहा हो। उसके सामने पूरी दिल्ली का नक्शा खुल गया। अनगिनत ख़ाली डिब्बों जैसे घरों की चौकोर अफरा-तफरी के बीच, दूर प्रदूषण की धुन्ध में सोती हुई जानी-पहचानी इमारतें—अशोक होटल, इंडिया गेट, राष्ट्रपति भवन। उसके नर्म बाल हवा के ज़ोर से उसके सिर पर खड़े हो गए थे और तार पर टँगा सफ़ेद चिथड़ा एकदम से बदहवासी के साथ फड़फड़ाने लगा, किसी बेचैन रूह की तरह, जो माया के जाल से छूटने

के लिए तड़प रही हो। उसका मन एक फ़िल्मी धुन गाने लगा और यह गीत उसके होंठों से सीटी बनकर पूरी दिल्ली पर तिरने लगा—

"बेकरार दिल, तू गाए जा !"

बेसब्री के साथ वह फिर कमरे के अन्दर आ गया और अलमारी में से उसने बड़ी-सी सफ़ेद पोलिथीन की पन्नी निकाली जिसमें उसने लहँगा और उसके ऊपर का शलूका बन्ने मास्टर से सिलवाकर रखा था। लहँगे को हिफ़ाज़त से निकालकर उसने देखा, फिर उसे सिर के ऊपर से डालकर कमर पर गिरा लिया और उसकी बटे हुए रेशम की डोर को कमर पर फूल के आकार में होशियारी से बाँध लिया। फिर कुर्ती को ज़रा दिक़्क़त के साथ सिर के ऊपर से डालकर शाने पर खिसका लिया। बन्ने मास्टर ने गला कुछ छोटा कर दिया था। कितनी देर तक मनोरंजन उनकी डिबियानुमा, मिट्टी के तेल से महकती दुकान में खड़ा उनको समझाता रहा था और यह यक़ीन दिलाने के बाद भी कि कुर्ती उसकी दोस्त के लिए है जो विदेश में रहती है और थोड़ी 'हैल्दी' है, उन्होंने गला छोटा कर दिया था। और तो और, 'दोस्त' का ज़िक्र सुनते ही उन्होंने एक फ़ोहश-सी हँसी को दबाने की कोशिश की थी जिसे मनोरंजन ने देख लिया था। ख़ैर, मनोरंजन पर अब इस तरह की बेहूदगियों का असर नहीं होता था। शुरू में वह गुस्से और सदमे से भर जाया करता था पर अब उसे इस तरह के जज़बात बेमाइने लगते थे, जिन पर वक़्त ज़ाया करना बेवकूफ़ी थी।

वह तो बहुत सालों पहले, जब वह नवीं या दसवीं क्लास में पढ़ता था, एक दिन उसे ख़्याल आया था कि अपनी क्लास के और लड़कों की तरह उसकी दिलचस्पी क्रिकेट और फुटबॉल में न होकर, लड़कियों के कपड़े और मेक-अप में थी। तभी अपने बारे में इस अपरिवर्तनीय सत्य का उसके अन्दर किसी बड़े-से सूरज की तरह उदय हुआ था। अपने अन्दर की लड़की को उन्हीं दिनों से वह बचाता, छुपाता आया था, जैसे वह काँच की बेइन्तिहा नाज़ुक-सी कोई चीज़ हो जो ज़रा-से में टूट सकती है। छुपाने के बावजूद माँ को शक था और जब वह छुट्टियों में होस्टल से घर जाया करता था, वह बार-बार उससे कहतीं, "मनु जाओ, देखो, तुम्हारे दोस्त क्रिकेट खेल रहे हैं। तुम भी खेलो—अभी तुम्हें बुलाने कोई आएगा !" मगर उसे बुलाने कभी कोई नहीं आता था। एक तो वह खेल में एकदम फिसड्डी था; ज़ाहिर था, क्योंकि उसने क्रिकेट सिर्फ़ एकाध बार ही खेला था, वह भी मारे बाँधे। फिर

इसी का नतीजा था कि वह जिस टीम में होता, वही हारने लगती। कुछ लोगों का मानना था कि शायद वह 'मनहूस' हो। पर मनहूस न भी हो तो मुहल्ले के लड़के उसे 'अजीब' तो समझते ही थे।

यहाँ तक कि उसकी नई लाल गेंद और 'विलो' के बल्ले में भी किसी ने दिलचस्पी न दिखाई जो माँ ने लगभग ज़बरदस्ती ही उसे दिलवाया था कि शायद इसी के चलते वह लड़कोंवाले खेल में शामिल होने लगे। पर नहीं। उसे लड़कोंवाले खेल में नहीं, लड़कों में ही दिलचस्पी थी। जब वह खेल रहे होते तो वह दूर मैदान के किनारे बनी पत्थर की बेंच पर बैठ जाता और उन्हें देखा करता। इतने बहुत सारे जवान, तन्दुरुस्त जिस्म उसे बुरी तरह आकर्षित करते थे। दोपहर की डूबती धूप में पैरों और बाँहों की उजली और सन्तुलित रेखाएँ, और पसीने से चिपके-चमकते बालों को देखकर वह मुग्ध हो जाता था।

सोच की कड़ी उसको वापस होस्टल के दिनों में ले गई और वे इतने दूर और अप्रतीत मालूम दिए, जैसे वह किसी दूसरे जन्म में बीते दिन हों। उसने एक-एक करके अपने उन दिनों के सहपाठियों को याद किया; रजत, बीलू, खूबसूरत उँगलियोंवाला तनवीर जो खूबसूरत तस्वीरें भी बनाता था, मुकेश और गाल पर बड़े तिलवाला लड़का जिसका नाम फ़िलहाल याद नहीं आ रहा था। फिर मोहसिन का बेफ़िक्र चेहरा उसकी आँखों में समा गया—मोहसिन, जो जवानी में ही कैंसर का शिकार हो गया था। उसको होस्टल के कमरे की वह रात याद आई जब बुज़दिल होने के आरोप से बचने के लिए वह पलंग पर पेट खोलकर लेट गया था और उस रात मोहसिन के हाथ में जो ब्लेड था उसकी धार आज इतने सालों बाद उसकी आँखों में कौंध गई।

ब्लेड उसके पेट की सतह को छिरोरता हुआ निकल गया था और मनोरंजन ने एक तरह की मन्त्रमुग्ध दहशत के साथ अपने पेट पर याकूत की एक लड़ी को उभरते देखा था। सब लड़के तितर-बितर हो गए थे और 'सारजेंट' ने मोहसिन की बेंत से पिटाई की थी। न जाने इस हादसे का मनोरंजन पर किस तरह का असर हुआ कि उसके बाद मोहसिन से चिढ़ने या डरने के बजाय उसका झुकाव मोहसिन की तरफ़ कुछ ज़्यादा ही हो गया। जैसे वह कोई चुम्बक हो। फिर नई जवानी की वह रातें; हाथ, बाँहें, खाल, जिस्मों का वह अँधेरे में टटोलना, पसीना, चिपचिपाहट। इतने सालों

बाद मोहसिन को याद करने पर उसको लगा मोहसिन और जावेद में ज़रूर कोई मुशाबिहत है—वही लापरवाही और क्रूरता का मेल, वही काटनेवाली धार ?

अतीत के कोहरे में भटकता, राह टटोलता, वह उसमें से बाहर निकला। उसने लहँगे की कुर्ती के ऊपर से किमख़ाब की चुन्नी को सिर पर ओढ़कर कन्धों पर फैला लिया। एकदम से फिसलते, बहते सोने का विलासमय अहसास उसको तर कर गया। उसने लम्बी और पतली उँगलियों को प्यार और थोड़ी हैरत के साथ लहँगे के रेशम पर फेरा और उन्हें उसके कोमल, शीतल स्पर्श को जज़्ब कर लेने दिया। फिर दो क़दम पीछे हटकर उसने अपना अक्स दरवाज़े के लम्बे-से शीशे में देखा। शीशे के धुँधलेपन में आग की लपट की एक छवि उसकी आँखों में ठहर गई। पल-भर के लिए उसको लगा कि शोले के रंग के लहँगे में से गर्मी निकल रही है, पर उसका स्पर्श ठंडा मख़मली था।

शीशे में दिखती आकृति की आँखों में शोले दहक रहे थे। क्या यह अग्नि कभी तृप्त होगी ? मनोरंजन का दिल तेज़ी से धड़कने लगा था। उसने जावेद के बारे में सोचा, अपने को उसकी आँखों से देखा तो उसकी पलकें नीचे झुक गईं और भरे हुए होंठों पर मुस्कान खेल गई जिससे उसके गालों पर दो गोल भ्रमर अपनी झलक-भर दिखा गए। उसने अपने लचकेदार, लहँगे को सँभालकर उतारा और ओढ़नी को तह करके हिफ़ाजत से पन्नी में रखकर अलमारी में बन्द कर दिया। कहीं घर पर छोड़ दिया होता तो माँ के हाथ ज़रूर लग जाता और फिर से यह अस्वीकारा हुआ सत्य उनके बीच एक अधूरी कहानी की तरह टँग जाता और अनजान बने रहने का खेल न जाने कौन-सी बार उनके बीच फिर खेला जाता।

वह मेज़ पर आकर बैठ गया और एक काग़ज़ के टुकड़े पर उसने अपना नाम कई बार, कई तरह के अक्षरों में लिख डाला—मनोरंजन कुमार गुप्त। सुन्दर, सुडौल, कुछ गोलाई लिए हुए अक्षर, जो मानो एक-दूसरे से मिलने के लिए आतुर, कुछ दाईं ओर, एक के पीछे एक झुके हुए थे और जो उसके दिल पर अपने पूरे अस्तित्व के साथ नक्श हो गए। फिर वही ख़्याल उड़ता हुआ-सा उसके दिमाग़ में आया—क्या जावेद के दिल पर उसका नाम लिखा है ? हाँ, नहीं, हाँ, नहीं, हाँ। जल्दी-जल्दी अपनी उँगलियों पर गिनता हुआ वह जैसे अनजान बनकर 'हाँ' पर रुक गया और बेचैनी

एक सैलाब की तरह उसके अन्दर फैल गई।

उसने अपने कुर्ते की सामनेवाली जेब से वह फटी हुई चिट्ठी निकाली जो उसने जावेद के जाने के कुछ दिनों बाद लिखी थी, यह अच्छी तरह से जानते हुए कि वह उसे कभी नहीं भेजेगा। क्यों लिखी थी उसने यह चिट्ठी ? क्या अपने लिए ? उसे वह बार-बार पढ़ चुका था। एक बार फिर मनोरंजन ने उस चिट्ठी को पढ़ा–

"मेरे प्यारे जावेद,

इस वक़्त जब शायद तुम मरीन ड्राइव पर टहल रहे होगे, और समुद्र के किनारे बत्तियाँ जल गई होंगी, मैं तुम्हें बता देना चाहता हूँ कि मेरा दिल एकदम अँधेरा है। न तुम आए, न तुम्हारी चिट्ठी आई, पर मैं तुम्हारे बारे में बराबर सोच रहा हूँ। मैं जानता हूँ तुम मुझे चिट्ठी नहीं लिखोगे। इसलिए मैंने ही तुम्हारा नाम इस काग़ज़ पर लिख लिया है जिससे मैं इसे सीने से लगाए रख सकूँ। अगर तुम्हारे दिल में मेरे लिए ज़रा भी जगह है, तुम ज़रूर आओगे। मैं तुम्हारा रोज़ इन्तज़ार करता हूँ।

तुम्हारा ही,
मनोरंजन"

चिट्ठी पढ़ते-पढ़ते उसकी नज़र अपनी बाँह पर पड़ी--एक पुरुष की तन्दुरुस्त बाँह जिस पर भूरे सुनहरे महीन रोएँ फैले हुए थे और मछली उभरी हुई दिख रही थी। उसके अन्दर बसा हुआ स्त्री का दिल एकबारगी बैठ गया और एक जानी-पहचानी सी निराशा ने उसे अपने शिकंजे में कसना शुरू कर दिया। जैसा कि पहले भी ऐसे मौक़ों पर हो चुका था, अपने पुरुष होने का ध्यान आते ही पहले उसने अपने भाग्य हो कोसा, फिर प्रकृति के इस घोर अन्याय को उलाहना दी, जिसने उसके अन्दर धड़कते स्त्री के दिल को एक नौजवान आदमी की ताक़तवर देह में बन्दी बना दिया था। हमेशा के लिए क़ैद। अपनी ज़िन्दगी के सन्दर्भ में उसे वह 'हमेशा' अनन्त, अपार लगा, क्षितिज से भी आगे तक फैला हुआ। और क़ैद के ख़्याल से उसने अपने इर्द-गिर्द सलाखों की ठण्डी जकड़न महसूस की--लोहे का निर्मम स्पर्श और उसकी गन्ध। खून की-सी गन्ध। क्या उसका खून और लोगों से फ़र्क है ? प्रकृति ने क्यों उसी को छाँटकर औरों से फ़र्क बनाया है, अपनी दुर्लभ चाहतों की अकेली राह पर चलने के लिए ? क्यों ? औरत को नहीं, अपने जैसे आदमी को चाहना, यही उसकी नियति है, यही उसका क़ैदख़ाना।

दूसरों की नज़रों से हटकर ही वह अपनी भावनाओं को व्यक्त कर सकता है, प्यार कर सकता है। अपने अस्तित्व में नज़रबन्द एक बन्दी जो आँखों के दरीचों से बाहर की दुनिया को देख रहा है। उसने अपने अन्दर एक गहरी चोट महसूस की जिसके आघात से उबरने की भीषण कोशिश ने उसे झकझोर दिया।

मनोरंजन के परिवार में कई पुश्तों से कोई लड़की नहीं हुई थी और दो बेटोंवाली उसकी माँ ने लड़की के लिए प्रार्थना की थी। जैसे प्रार्थना और प्रकृति के आपस के संघर्ष से वह पैदा हुआ था—मनोरंजन। मन लड़की का, देह पुरुष की। क्या वह प्रकृति की भूल-भर था ? पर नहीं, वह तो प्रार्थना के जवाब में आया था—ख़ास। उसने ज़ोर देते हुए दोहराया—ख़ास। वह झटके के साथ, लगभग गुस्से की सीमा पर उठा और चिट्ठी की चिन्दियाँ करके उसने छत पर से नीचे फेंक दीं और फिर छोटे-छोटे टुकड़ों को नीचे तैरते हुए देखता रहा।

उन दिनों वह तसवीरें बनाने में ज़्यादातर समय बिता रहा था। सुबह आठ बजे से वह ग्रीन पार्कवाली अपनी इस बरसाती में पहुँच जाता था जिसे अखिलेश ने उसके स्टूडियो के लिए किराए पर ले लिया था, और काम में जुट जाता था। अखिलेश उसका छोटा भाई था और 'लार्सन एंड टूबरो' में काम करता था। मनोरंजन की अस्थिर आर्थिक हालत को समझते हुए वह गाहे-बगाहे उसकी मदद कर दिया करता था। कभी पापा का सहारा रहता था। अखिलेश तो शुरू से कहता आया था कि मनु का नौकरी या बिज़नेस के लिए दिमाग़ नहीं है।

बल्कि जीने के लिए ही उसकी प्रतिभा कम दिखती थी। किसी भी मुश्किल स्थिति में वह आसानी से हार मान लेता था। दुकानदार उसके सिर अपना महँगा और पुराना सामान पटेल देते, फल-सब्ज़ी लाने जाता तो बेचनेवाले उससे घपले से ज़्यादा पैसे ले लेते, उसके यूनिवर्सिटी के दोस्त भी अकसर उसको बेवकूफ़ बनाकर मज़ा लेते थे। ऐसा नहीं था कि वह बेवकूफ़ हो। बस उसका शर्मीलापन और सादगी उसके बेवकूफ़ होने का भ्रम पैदा करती थी। नौकरी के तो वह क़तई क़ाबिल नहीं था। गाड़ी चलाना सीखा तो उसको लगता सड़क के किनारे लगे सभी बिजली के खम्भे उसी की तरफ़ बेतहाशा चले आ रहे हैं और वह वहीं जड़ हो जाता।

माँ-बाप उसके बारे में परेशान रहते थे। बचपन में ही वह सबसे

अलग-थलग रहता था। न किसी से मिलना न जुलना, छुट्टियों में बोर्डिंग से घर लौटता तो दिन-भर घर के पीछे धूल और जंगली सूखी घास से भरे छोटे-से मैदान के किनारे बैठ अपनी कनकुतरी स्केचबुक में तसवीरें बनाया करता। तसवीरों का कोई ख़ास विषय नहीं होता था। एकाध बार जब उसकी माँ, यानी मिसेज़ गुप्ता ने उसकी ग़ैरमौजूदगी में उसकी किताब उलट-पुलटकर देखी थी तो बस एक चीज़ उन्होंने ग़ौर की थी कि इतने चित्रों में कहीं कोई औरत की तसवीर नहीं थी। हर पेज पर तरह-तरह के आदमी थे, उनके पैर और बाँहें साफ़-साफ़ बने होते, और अकसर उनके शरीर के अन्दर के हिस्से भी, यानी हड्डियाँ, नसें, मांसपेशियाँ वग़ैरह भी बड़ी बारीकी से बनी होतीं। कुछ चित्रों में 'सुपरमैन' या 'बैटमेन' फौलादी वस्त्र पहने भयंकर लड़ाई में मुबतिला रहते थे। कहीं-कहीं चित्रों के बग़ल में बुलबुले के अन्दर कुछ लिखा भी होता था। मि. गुप्ता इसी निर्णय पर पहुँची थीं कि आजकल उनका लड़का 'कॉमिक' ज़्यादा पढ़ रहा है। कई स्केचबुक भर चुकी थीं और एक स्केचबुक से दूसरे के अन्तराल में वह किसी टेढ़े सीधे काग़ज़ के टुकड़ों का इस्तेमाल कर डालता, या फिर पुराने अख़बारों के ऊपर और कैलेंडरों के पीछे वह चित्र बना डालता। उस पर जैसे धुन सवार थी, और कुछ करता ही नहीं था।

बड़ा हुआ तो कमोबेश यही चलता रहा और जल्दी ही साबित हो गया कि वह किसी नौकरी के लायक नहीं है। वह देर से सोकर उठता और फिर वही स्केचबुक और चबाई हुई पेंसिल। उसकी तसवीरों का माध्यम बदल गया था—न जाने कहाँ से उसने ऑयल पेंटिंग पर किताबें लाकर उनका अध्ययन करके ऑयल पेंट से चित्र बनाना शुरू किया था—पहले ऑयल पेपर पर और फिर अखिलेश की मदद से ख़रीदे हुए कैनवस पर। मि.गुप्ता के छोटे-से फ्लैट में तसवीरें अड़म होती जा रही थीं तभी अखिलेश ने स्टूडियोवाली बात सोची और मनोरंजन ने अपनी कार्यशाला वहीं शिफ़्ट कर दी।

उसकी तसवीरों में आदमी के फ़िगर तो अब भी थे मगर कुछ दिनों से उसके ऊपर पेड़ बनाने का जुनून सवार था। बूढ़े और विशाल बिना पत्तियों के पेड़ जिनकी डालें आसमान छेक लेतीं। कभी कोई आदमी सिर झुकाए पेड़ के नीचे बैठा दिखाई देता। एक तसवीर में एक ऊँचे-से पेड़ से दो पीले पान के आकार के पत्ते झड़कर हवा में ठहर गए थे। तसवीर एक

गहन खामोशी का आभास देती थी। उसका शीर्षक था 'सोच'। जैसे उसकी कल्पना में कोई पेड़ उग रहा हो जो हर तसवीर पर छा जाता था। एक बार उसने 'कल्पवृक्ष' के बारे में कहीं पढ़ लिया तो कई दिनों तक उसको बनाने की कोशिश करता रहा। 'कल्पवृक्ष'—जो माँगो सो देनेवाले वृक्ष को।

जवानी के साथ उसको एक और लत लग गई थी जो उसके घरवालों के लिए परेशानी का बायस बनती जा रही थी। अकसर जब वह कहीं बाहर से लौटता तो उसके साथ कोई लड़का होता जिसे वह अपना दोस्त कहकर उनसे मिलाता। अपने आप में यह कोई परेशानी की बात नहीं थी। अच्छा ही था कि उसके दोस्त बन रहे थे। पर मनोरंजन के मध्यमवर्गीय, भद्र माँ-बाप ने विस्मय के साथ ग़ौर किया था कि उनके बेटे के यह दोस्त हमेशा निम्नवर्ग के होते जो जल्दी से उन्हें नमस्ते करके या सिर लटकाके झेंपते हुए-से मनोरंजन के कमरे में घुस जाते। जैसे वे कुछ छिपाना चाहते हों। फिर वहाँ कानाफूसी होती और हँसने की आवाज़ें आतीं जो उन्हें किसी पहेली की तरह अबूझ लगतीं। मनोरंजन अपने घरवालों के साथ कभी इस तरह नहीं हँसता था। कहीं उन्हें शायद इस बात से ईर्ष्या भी होती हो। माँ पूछती—"आज तो तुम बहुत खुश थे...बड़े ठहाके लग रहे थे ! क्या बात थी ?"

"अरे यूँ ही हँस रहे थे...यह मनोज एकदम जोकर है ! बहुत हँसाता है !"

"कौन है यह मनोज ?"

"उसके पिता चौरसिया पान भंडार के मालिक..."

इतना सुनते ही माँ के होंठ नापसन्दीदगी की एक पतली-सी लकीर में भिंच जाते। क्या दोस्ती करने के लिए उसे कोई और नहीं मिल सकता था ? क्या यह उसके अन्दर किसी तरह की हीनभावना होने का संकेत है कि वह इन 'सड़क के लौंडों' के साथ घूमना पसन्द करता है ? फिर एक दिन मि. गुप्ता को लगा कि मनोरंजन के गुसलख़ाने से देर तक पानी बहने की आवाज़ आ रही है, जैसे कोई नहाता ही जा रहा है, फिर एक दबी हुई खिलखिलाहट और उसके बाद एकदम सन्नाटा...क्या वे दोनों साथ.. मगर जब उन्होंने दरवाज़ा खटखटाया तो मनोरंजन ने फ़ौरन उसे खोल दिया और दोनों को वहीं बैठा देखकर उन्हें इत्मीनान हो गया।

उन्हीं दिनों जावेद ने भी मनोरंजन के साथ घर आना शुरू किया।

दुबला मगर गठा हुआ बदन, क़द मँझोला, बाल एकदम छोटे, 'मिलिटरी' कट में सिर से चिपके हुए। "जावेद क्या करता है ?" मिसेज़ गुप्ता न हस्बेमामूल उत्सुकता दिखाई।

"नीचे मार्किट में पी.सी.ओ. में नौकरी करता है।"

"चलो कुछ करता तो है !" माँ तब भी नाक-भौंह सिकोड़े रहीं। "आप मेरे दोस्तों को बिना जाने हुए ही बुरा क्यों समझती हैं ?" मनोरंजन ज़रा चिढ़कर बोला।

"सूट-बूट पहनकर बड़ा साहब बना रहता है !" अखिलेश मुस्कुराया। यह बात सच थी। जावेद की क़मीज हमेशा नई, बेशिकन दिखती, पतलून किसी महँगे कपड़े की, जूते लक़ोदक़। उसकी शौकीन मिज़ाजी साफ़ जाहिर थी। मनोरंजन की मली-दली टी-शर्ट और घिसी हुई जींस से तो लाख दर्जे अच्छे कपड़े पहनता था।

वह जावेद से पहली बार मिला था, जब घर का फ़ोन ख़राब हो गया था। मार्किट में पी.सी.ओ. से फ़ोन करने जाना पड़ा था। पी.सी.ओ. में बात करनेवालों की लाइन लम्बी थी और उसने अपनी बारी आने के लिए पौन घंटा इन्तजार किया। पतली-सी बेंच पर बैठ-बैठे उसने नज़रों को छोटे-से कमरे में घुमाया मगर जल्दी ही आँखों को उलझाए रखनेवाली सामग्री ख़त्म हो गई। दीवार पर टँगे कैलेंडर का चित्र फ़ौरन ही उसकी चित्रकार स्मृति में दर्ज हो गया, उसके बगल में टँगी गोल 'जयको' की घड़ी में घड़ीपन के अलावा कुछ भी नहीं था और अन्दर वह आदमी न जाने कितनी देर तक बात किए जा रहा था।

जब कुछ देखने को बचा नहीं और बोरियत नई ऊँचाइयाँ छूने लगी तो उसने काउंटर पर बैठे जावेद पर आँखें टिका दीं। उसने हल्के-से आश्चर्य के साथ ग़ौर किया कि जावेद के चेहरे का हर नक्श जैसे दूसरे के विरोध में था। पतली नाक के नीचे मोटे, थोड़े निर्दयी-से होंठ, घनी जंगली भौंहों की हद नापती हुई समतल तराशी हुई पेशानी, गालों की उभरी हुई हड्डियों के ऊपर बेहद काली आँखें जिनमें एक ख़ास तरह की ताक़त थी जिससे बार-बार उनकी तरफ़ देखने को जी चाहता था। कुल मिलाकर आकर्षक चेहरा था। वह कुछ भी किए बग़ैर किसी बुत की तरह वहीं बैठा था, अपने काउंटर पर, जैसे उसने इन्तजार करने की अपनी नियति से पूरी तरह समझौता कर लिया हो।

आख़िर मनोरंजन की बारी आई। बात करके बाहर निकला तो पाया कि जेब में पैसे नहीं हैं।

"मैं पैसे घर भूल आया हूँ !" उसने झेंपते हुए कहा, "वैसे मैं सामनेवाले अपार्टमेंट ब्लॉक में रहता हूँ—क्या अभी जाकर ले आऊँ ?"

"कोई बात नहीं...यहाँ से तो रोज़ गुज़रते होंगे, फिर दे जाना।" बिना आँखें ऊपर उठाए जावेद बोला।

दूसरे दिन मनोरंजन पैसे देने गया तो जावेद ने कहा—"तुम्हारी पर्ची तो खो गई...जो चाहो दे दो !"

"क्या यहीं के रहनेवाले हो ?" मनोरंजन ने पूछा।

"अब तो यहीं रहता हूँ। वैसे घर प्रतापगढ़ में है। मैंने तुम्हें सामने से जाते अकसर देखा है...!"

फिर एक दिन मनोरंजन कहीं जा रहा था तो देखा पी.सी.ओ. में कोई नहीं है, सिर्फ़ जावेद अकेला बैठा सिगरेट फूँक रहा है। किसी आवेग में मनोरंजन दरवाज़ा खोलकर अन्दर चला गया। जावेद उसकी तरफ़ फ़ोन बढ़ा रहा था तो उसने कहा, "नहीं, मुझे फ़ोन नहीं करना है। मैंने तुमको बताया नहीं पर मुझे तसवीरें बनाने का शौक है...मैं तरह-तरह के चेहरे ढूँढ़ता रहता हूँ। अगर तुम बुरा न मानो तो..." वह रुक गया जैसे शब्द ढूँढ़ रहा हो, फिर एकदम जल्दी से बोला—"तुम्हारा चेहरा...मुझे बहुत अच्छा लगता है ! क्या तुम मेरे स्टूडियो में आओगे कि मैं तुम्हारी तसवीर बनाऊँ ?"

तब जावेद ने सिर उठाकर सीधा उसकी तरफ़ देखा। उसकी आँखों में मुस्कुराहट के साथ व्यंग्य का एक अंश भी था—"अच्छा ?"

"मैं...मैं...तुम बुरा न मानो तो मैं तुम्हें इसके लिए पैसे दे सकता हूँ।" जावेद कुछ क्षणों के लिए ख़ामोश हो गया। मनोरंजन उसे कातर नज़रों से देख रहा था। क़रीब था कि वह घबराहट में बोल पड़ता कि जावेद ने कहा—

"ठीक, है, आ जाऊँगा।"

मनोरंजन उसको स्टूडियो का पता समझाकर बाहर निकल गया।

जावेद बराबर स्टूडियो आने लगा। क्योंकि यह तय हुआ था कि जावेद स्टूडियो उस अन्तराल में आएगा जब वह पी.सी.ओ. बन्द करके खाना खाने जाता था, वे पहले साथ जाकर मद्रास कैफ़े में खाना खाते थे। मद्रास कैफ़े स्टूडियो से दस क़दम पर था। मनोरंजन का खाना ज़्यादातर साँभर के साथ दो बड़े खाकर पूरा हो जाता था, मगर जावेद को बहुत भूख लगती थी।

वह दोसे के बड़े-बड़े निवाले तोड़कर जोश-ख़रोश के साथ खाता था; फिर मनोरंजन के पूछने पर कि वह और लेगा, कभी मना नहीं करता था। इस तरह से वह कभी दो, कभी तीन दोसे खा लेता था। मनोरंजन को यह अच्छा लगता था। उसको इसमें जावेद के पुरुष होने का सुबूत मिलता था। पैसे मनोरंजन ही देता था, उनके बीच किसी अनकहे समझौते के तहत। वैसे इन मामलों में जावेद ख़ासा बेतकल्लुफ़ इंसान था और उसे मनोरंजन के बराबर खाने के लिए पैसे देने से कोई आपत्ति नहीं मालूम देती थी। खाने के बाद वह एक सिगरेट पीता था जिस दौरान मनोरंजन उसके चेहरे का अध्ययन करता रहता था। उसको लगता था खाने के बाद जावेद के चेहरे पर सन्तोष की एक परत आ गई है और इस बात से उसको खुशी मिलती थी। फिर वे टहलकर स्टूडियो जाते थे और काम शुरू होता था।

धीमे-धीमे उनमें काफ़ी बातें भी होने लगी थीं। एक दिन जावेद मोढ़े पर बैठा था और मनोरंजन पोर्ट्रेट बनाने में लीन था। दोनों चुप थे। एकाएक मनोरंजन बोला—"जानते हो, उस दिन जब मैंने तुम्हें पी.सी.ओ. में अकेले बैठे देखा था तो मैं तुम्हारी तरफ़ खिंचता चला आया था...जैसे मेरे और तुम्हारे बीच कोई तार खिंचा हो...जैसे कोई शक्ति जो मुझसे बाहर थी, मुझे तुम्हारी तरफ़ ढकेल रही हो। क्या तुम्हें भी ऐसा लगा ?"

"तार ? किस तरह का ?"

"शायद सहानुभूति का...शायद मुझे लगा कि तुम भी मेरे जैसे हो...कुछ खोज रहे हो जो तुम्हारे अधूरेपन को दूर कर सके ? मुझे कुछ ऐसा ही लगा!" मनोरंजन ने ज़रा रुककर अपनी बात पूरी की।

"यह बातें मेरी समझ में नहीं आती हैं..." जावेद बोला, "मगर शायद ऐसा ही हो, नहीं तो मैं क्यों आता ?" इतना कहकर वह सोच में पड़ गया और उसके चेहरे पर आशंका के बादल छा गए।

"मैं अपने बारे में बहुत कुछ नहीं जानता हूँ और न मैंने इन बातों के बारे में सोचा है, तो बताओ मैं तुम्हारी बात का जवाब कैसे दूँ ?" उसने फिर कहा और मनोरंजन उसकी हिचकिचाहट देखकर चुप हो गया।

कुछ ही महीनों के अन्दर उनकी दोस्ती काफ़ी बढ़ गई थी। मनोरंजन जावेद पर फ़िदा था पर जावेद की उसके प्रति एकाग्रता का अन्दाज लगाना मुश्किल था क्योंकि जावेद अपने बारे में ज़्यादा बोलता नहीं था; कभी व्यंग्य का सहारा लेता, कभी 'मुझे मालूम नहीं' कहकर मनोरंजन के खुले हुए

सवालों को टाल देता। एक दिन वे मद्रास कैफ़े से टहलते हुए स्टूडियो जा रहे थे। अजीब-सा दिन था, कभी बदली छा जाती, कभी एकदम से धूप खिल आती। आसमान के नीलेपन में लम्बी-सी फटी हुई आस्तीन की तरह बादल का एक सफ़ेद टुकड़ा घिसट रहा था। मनोरंजन ने कहा—"जब मैं छोटा था तो अपने घर के पीछे मैदान में घंटों लेटा आसमान को देखा करता था...इतना बहुत सारा नीलापन। मुझे लगता था इस नीलेपन की हज़ारों परतें होंगी और उनके पीछे भगवान का घर होगा...भगवान मेरे लिए उस शक्ति का नाम है जो पूरी दुनिया को क़ायम रखती है, जो मेरी ज़िन्दगी का भी हिसाब रखती होगी, जिसने मेरी नियति काले अक्षरों में लिखी होगी, उस बड़ी-सी किताब में, आसमान के ऊपर...क्या तुम इस शक्ति में विश्वास करते हो ?"

थोड़ी देर चुप रहने के बाद जावेद ने बोलना शुरू किया—

"मेरा बचपन एक छोटे-से क़स्बे में बीता। हमारा घर भी छोटा था। उसके दो कमरे हमेशा अँधेरे ही रहते थे। घर के बाहर एक गन्दी नाली बहती थी जिसके किनारे उस मोहल्ले के लोग अपने घरों का कूड़ा फेंका करते थे। खिड़की खुली छोड़ दो तो इस पनाले की बदबू कमरे में घुस आती थी और खिड़की बन्द रहती तो एकदम अँधेरा हो जाता था।"

"मेरे अब्बा एक कैंची बनानेवाले के यहाँ काम करते थे। उन्हें दारू की लत थी। अकसर वहाँ से मिला पैसा वह पी डालते थे। हम पाँच भाई-बहन थे, हम लोगों की ज़रूरतें पूरी करने के लिए मेरी अम्मी मोहल्ले के घरों में सिलाई-कढ़ाई का काम करती थीं। रात को घर के इकलौते तख़्त पर वह हम सबको लिटा देती थीं, पास-पास, गोश्त के लोथड़ों की तरह। कभी इस कमरे की खिड़की खुली होती तो आसमान की एक मैली-सी फाँक दिखती थी। उस फाँक के रंग बदलते रहते थे, कभी नीला या गुलाबी, पर ज़्यादातर एक फ़ीका-सा सफ़ेद। तुम्हारी तरह कभी मेरा भी ध्यान आसमान के इस टुकड़े पर चला जाता था। आसमान का मेरे लिए मतलब था आज़ादी, खुलापन। खिड़की के पास खड़े होकर आसमान को देखते हुए मैं खुलकर साँस ले पाता था। मैं ज़ोर से गहरी साँसें लेता, अपने सीने में ढेर सारी साँसें भर लेता। मुझको लगता कुछ देर के लिए आसमान का फैलाव मेरे अन्दर भर गया है। इस छोटे-से जेलख़ाने से निकलने के लिए कितना तरसता था मैं। मेरे दिल से जैसे पुकार उठती थी। फिर जानते हो क्या हुआ ?" वह

रुका और उसके चेहरे पर एक टेढ़ी-सी मुस्कान खेल गई।

"जिसे तुम शक्ति या भगवान कह रहे हो, उसी ताक़त ने मेरा वहाँ से निकलने का रास्ता खोल दिया। मेरी अम्मी एक बुढ़िया के यहाँ सिलाई करने जाया करती थीं। उस बुढ़िया का बेटा दिल्ली में रहता था। बेटा एक दिन बुढ़िया को लेने आ गया। उस बेटे के आगे मेरी अम्मी ने बहुत हाथ-पैर जोड़े कि वह मेरी नौकरी कहीं लगवा दे। तब मैं बीस साल का था और इंटरमीडिएट के इम्तिहान में दोबारा फेल हो गया था। बुढ़िया के बेटे के दिल्ली में कई कारोबार थे। यह पी.सी.ओ. जिसमें मैं काम करता हूँ उसने तभी खोला था और उसको एक आदमी की ज़रूरत थी। सो, मैं दिल्ली आ गया...मुझे यहाँ दो साल हो गए...पर मैं तुमको बताना चाहता था कि मेरे लिए उस शक्ति का नाम है मौक़ा, अवसर...अपनी ज़िन्दगी के कड़वेपन से पीछा छुड़ाने का मौक़ा।"

जावेद की आँखें चमकने लगी थीं और इतनी देर तक बोलते रहने के बाद वह एकदम चुप हो गया। उसने मनोरंजन को गहरी उत्तेजना के साथ देखा। मनोरंजन ख़ामोशी से सिर झुकाए उसकी बातें सुन रहा था। उसकी आँखें एकटक ज़मीन पर गड़ी हुई थीं जैसे कि जावेद के लफ्ज़ ज़मीन पर लिखी हुई किसी लिपि का ज़रूरी हिस्सा हों जिसे पढ़े बग़ैर उन्हें समझ पाना असम्भव हो।

आख़िर उसने पूछा—"तो क्या तुम फिर वापस घर गए ?"

"नहीं।" जावेद ने जवाब दिया। "मैं तो क़ैद से छूटकर निकला हूँ। लेकिन मैंने एक बात पर ग़ौर किया है। मैं प्रतापगढ़ से चला आया मगर अचानक किसी रात नींद खुल जाती है तो मुझे लगता है मैं उसी अँधेरे कमरे में हूँ और मेरी नाक में उस नाली की बू बस जाती है जो हमारे घर के बाहर बहती थी।"

"तो क्या तुम समझते थे तुम अपने अतीत से इतनी आसानी से छुटकारा पा जाओगे ?" मनोरंजन की आवाज़ धीमी थी। "हम एक न एक तरह की क़ैद में रहते हैं। मेरे लिए खुलकर प्यार न कर पाना ही क़ैद है। मेरा खिंचाव पुरुष की तरफ़ ही होता है...मैं ऐसे ही बना हूँ, मैं इसके बारे में क्या कर सकता हूँ, क्या मेरा कोई दोष है ? मामूली आदमी के लिए कितना मुश्किल है मेरी मजबूरी को समझ पाना, एक बन्दी से प्यार करना...मैं इस बात को अच्छी तरह समझता हूँ।" मनोरंजन का चेहरा एक

कड़वे-से भाव के साथ विकृत हो गया था।

"तुम अपने बारे में इस तरह क्यों सोचते हो, मनोरंजन ? मैं तो तुम्हें चाहता हूँ।"

"क्या तुम सच बोल रहे हो, जावेद ?"

बातों की रौ में दोनों ने ग़ौर नहीं किया था कि वे चलते-चलते मनोरंजन की स्टूडियो बरसातीवाली इमारत के आगे आकर खड़े हो गए थे। उसके फाटक के सामने, सड़क के किनारे अमलतास का एक पुराना पेड़ था जो उन दिनों शबाब पर था। उसमें फूल ही फूल थे। पेड़ के नीचे खड़े होकर जावेद ने ऊपर, उसकी डालों को देखा तो ढेरों फूल नज़र आए, नाज़ुक, उजले, सुनहरे अंगूर जैसे गुच्छे। यही फूल ज़मीन पर भी बिखरे हुए थे। वह पेड़ के तने से टेक लगाकर खड़ा हो गया तो उसको महसूस हुआ कि उन पीले फूलों की कुलबुलाती हुई ऊर्जा उसके अन्दर बस गई है।

"हाँ।" उसने मज़बूती से कहा, "मैं सच बोल रहा हूँ, मनोरंजन।"

"मुझे लगता है प्यार ही एक तरह की क़ैद है। मुझे अपनी अम्मी याद आती हैं, हमारे छोटे-से कमरे में कपड़ों के ढेर के ऊपर धीमी रोशनी में झुकी हुई...कभी सोते-सोते मेरी आँख खुल जाती, तो वह हमेशा साड़ी या दुपट्टा काढ़ती हुई मिलती। 'अब सो जाइए अम्मी !' मैं कहता, मगर बग़ैर काम पूरा किए वह कभी नहीं लेटती थीं। और कैसे खूबसूरत बेल-बूटे बनाती थीं वह, बिना किसी नक्शे या पैटर्न को देखे हुए। साड़ी पर पूरा बाग़ खिल जाता था और देखकर दिल में बहार आ जाती थी। अब मुझे ख़्याल आता है कि शायद इस काम के ज़रिए उनको अपनी ग़रीब और नीरस ज़िन्दगी से ऊपर उठने का मौका मिलता हो...और मुझको लगता है कि वह हमारे लिए ही, अपने बच्चों के लिए, दिन-रात एक किए रहती थीं। क्या वह भी क़ैद में नहीं थीं, अपने बच्चों के प्यार की क़ैद में ?"

"मनोरंजन की तसवीर पूरी हो जाने के बाद जावेद का उसके घर आना-जाना काफ़ी दिनों तक जारी रहा। एक दिन मनोरंजन की माँ मार्किट से लौट रही थीं तो जावेद का पी.सी.ओ. आँखों के सामने पड़ गया। जावेद वहाँ मौजूद था। वहाँ कई लड़के और भी थे आपस में बातचीत करते हुए। पी.सी.ओ. के अन्दरवाले छोटे-से कमरे के शीशे के दरवाज़े से एक लड़की फ़ोन पर बात करती हुई दिख रही थी। मिसेज़ गुप्ता ने एक उड़ती निगाह से नोट किया कि वहाँ मौजूद लड़के उस लड़की को ही घूर रहे थे। फिर

उनमें से एक ने झुककर अपने चमकते हुए जूते पर माचिस एक मँझी हुई हरकत के साथ जला ली और मुँह से लगी सिगरेट को सुलगाकर उसने अपने इर्द-गिर्द देखा। "लफंगे," मिसेज़ गुप्ता बुदबुदाईं।

कुछ दिनों बाद, इत्तेफ़ाक ही रहा होगा कि मिसेज़ गुप्ता, जो कभी अख़बार नहीं पढ़ती थीं—फ़ुर्सत ही नहीं मिलती थी—ने उस दिन अख़बार उठाया और मोढ़े पर पैर रखकर उसके बड़े-बड़े पन्ने पलटने लगीं। लोकल पेज पर उनकी नज़र एक आइटम पर पड़ी जिसमें एक लड़की के अगुवा होने की ख़बर थी। कुछ लड़के इस सिलसिले में पूछताछ के लिए पुलिस स्टेशन ले जाए गए थे। और आगे पढ़ते हुए मिसेज़ गुप्ता एकबारगी चौंक गईं। जिन लड़कों को इस मामले में पुलिस ले गई थी, उनमें जावेद का भी ज़िक्र था जो पी.सी.ओ. में नौकर था। और तफ़सील जाने बग़ैर ही उन्हें यक़ीन हो गया कि यह वही जावेद है जो उनके बेटे का दोस्त है और जो उनके घर आता रहा है। वह बेहद घबरा गईं और काँपती हुई आवाज़ में उन्होंने मनोरंजन को पुकारा।

मनोरंजन अपने कमरे में था। माँ की बात सुनने पर उसके चेहरे पर एक रंग आया, फिर उसने बात टाल दी। बल्कि मिसेज़ गुप्ता को अहसास हुआ कि वह घबरा कम और खिसिया ज़्यादा रहा है।

"नहीं, नहीं, यह जावेद नहीं हो सकता। वह इस तरह का लड़का नहीं !"

"आख़िर तुम उसे जानते ही कितना हो ?"

"उसे लड़कियों में दिलचस्पी नहीं है..."

मनोरंजन के इस जवाब के बाद थोड़ी देर तक एक वज़नी-सी ख़ामोशी कमरे में टँग गई जिसकी ऊपरी सतह के नीचे मिसेज़ गुप्ता ने अपराधबोध की एक परत महसूस की। उन्होंने जल्दी से ख़ामोशी को तोड़ा—"तो क्या पुलिस उसे ख़ामख़्वाह ही ले गई है ?"

"अरे पुलिस तो यूँ ही लोगों के पीछे पड़ जाती है। और फिर हमें पक्का तो मालूम नहीं है कि वह यही जावेद है!"

मगर वह जावेद ही था। और आज इतने दिनों बाद भी मनोरंजन अपने मन को उस शक के ज़हर से मुक्त नहीं कर पा रहा था जो उसमें घर कर गया था। जावेद ने बार-बार अपनी सफ़ाई दी थी, बार-बार उस हादसे से हाथ झटककर दूर खड़ा हो गया था। पर माँ का कहना और जावेद का इतने

दिनों तक ग़ायब रहना...क्या जावेद ने वाक़ई उसे सब कुछ बताया था ? जैसा कि जावेद ने कहा था, इतने महीनों के बाद वह मामला सचमुच दब गया था। पर मनोरंजन के मन में वह अब भी मौजूद था, चाहे माँ के आगे उसने बात को टाल ही क्यों न दिया हो। आज जब जावेद से मिलेगा, वह पूरी बात साफ़-साफ़ कर लेना चाहता था। जावेद की ओर अपने खिंचाव और मन में सन्देह के बीच वह अपने को बुरी तरह फँसा हुआ महसूस कर रहा था।

वह छत पर से अन्दर आ गया और स्टूडियो के कोने में फ़र्श पर आँखें मूँदकर लेट गया। बन्द आँखों पर दरवाज़े से आती दिन की रोशनी, जो तेज़ हो चुकी थी, चुभ रही थी और उसके कानों में जैसे बहुत दूर से आता हुआ कोहराम था। ध्यान लगाकर सुना तो उसने पाया कि वह शोर उसके भीतर ही था; उसकी कनपटियों पर रक्तचाप का शोर, जो उसको कुछ देर तक क़रीब आते, दौड़ते हुए घोड़ों की चाप की तरह सुनाई दिया। फिर रात की थकान की कगार पर शायद वह सो गया।

शाम को सन्दिग्ध मन से तैयार होकर वह अपने स्टूडियो से बाहर लॉबी में निकला। वहाँ कोई भी नहीं था। उसने लिफ्ट के अन्दर खड़े होकर नीचे उतरने के लिए बटन दबाया। लिफ्ट में अँधेरा था। वह नीचे उतरी तो उसका दिल तेज़ी से डूबा। उसको लगा वह अपनी आत्मा के अन्दर उतर रहा है। बाहर निकलकर उसने पाया कि हवा बिल्कुल बन्द हो गई है और एक महीन हरे रंग की बारिश हो रही है जिसने सड़क के किनारे खड़े नीम के पेड़ों को ज़मुर्रद की गहराइयों से रँग दिया है। औरोबिन्दो मार्ग की गीली सतह पर इक्का-दुक्का गाड़ियाँ लहराते साँप बनाती हुई निकल रही थीं। कुछ लोग जो बारिश में बिना छाते के फँस गए थे, आड़ की तरफ़ बढ़ रहे थे। भीगने की फ़िक्र किए बग़ैर वह बारिश के सहलाते हुए स्पर्श में तेज़ी से चलने लगा। लगभग दौड़ने लगा। उसको लगा बारिश ने उसे एक उड़ती हुई चिड़िया के चमकते काले पंख दे दिए हैं।

जावेद पहले ही पहुँच चुका था और बड़े-बड़े क़दमों के साथ कैफ़े के सामने लगे कैनवस के शामियाने के नीचे टहल रहा था। यह मनोरंजन इतनी देर क्यों लगा रहा था ? कैफ़े भरा हुआ था, लोग बराबर आ-जा रहे थे। बारिश की वजह से ज़मीन पर ख़ासा कीचड़ हो गया था जो कि लोगों के जूतों की वजह से और फैल रहा था। कैफ़े के अन्दर से गर्म दोसों की खुशबू

उठकर बाहर आ रही थी और फ़िल्टर कॉफ़ी की गन्ध से जावेद पर लगभग नशा छा रहा था। दो लड़कियाँ कैफ़े के बाहर निकलीं—एक के लम्बे बाल थे जो वह खोले हुए थी और दूसरी छोटे बालवाली—दोनों ने एक बार मुड़कर जावेद को देखा, फिर जल्दी-जल्दी चलने लगीं। जावेद ने उनको परखती हुई नज़र से देखा। उसकी आँखें जैसे उनकी कमर में बाँहें डालकर दूर तक उनके साथ चलती चली गईं।

लड़कियों के दूर होते ही उसे मनोरंजन आता दिखाई दिया। वह बहुत तेज़-तेज़ चल रहा था और उसके हाथ भी पैरों की हरकत के साथ हिल रहे थे। वह नीली टी-शर्ट पहने हुए था और पहली बार जावेद के दिमाग़ में यह ख़्याल आया कि उसके कान कितने बड़े-बड़े हैं। वे उसके सिर से अलग ही दिख रहे थे और उसे ताज्जुब हुआ कि उसने पहले इस बात पर ग़ौर क्यों नहीं किया। ऐसा नहीं था कि मनोरंजन उसे कभी हसीन लगा हो। मनोरंजन के प्रति अपनी उलझी हुई भावनाओं का उसने अध्ययन करने की कोशिश की और अपने अन्दर खीझ की एक लहर उठती हुई महसूस की। मनोरंजन के कान उसे बहुत विचित्र लगे थे और उन्हें देखकर उसे शायद हँसी आनी चाहिए थी पर उसका मूड एकदम से खराब हो गया। वह खिसियाने लगा और अपनी पूरी स्थिति ही उसे बिल्कुल बेढब लगी।

मनोरंजन ने उसे देख लिया था और अपने वही पुराने शर्मीलेपन के साथ वह जावेद के सामने आकर खड़ा हो गया।

"मैंने तो सोचा था अब तुम वापस ही नहीं आओगे ! क्या बम्बई में बहुत मन लग गया था ?"

जावेद कुछ देर बिना बोले खड़ा रहा। आँखें एक बार मनोरंजन के चेहरे पर जल्दी से गईं, फिर दूर किसी नुक़्ते पर जाकर टिक गईं। उसने धीमे-से कहा—"मैं बम्बई गया ही नहीं..." उसने अपने बोलने के अन्दाज में लापरवाही लाने की कोशिश की थी पर कोई बोझ उसे नीचे घसीट लाया और बीच जुमले में वह चुप हो गया।

"अरे, तो फिर इतने दिन कहाँ थे ? कोई चिट्ठी नहीं लिखी ?" मनोरंजन की आवाज़ में कौतूहल था। "मैं घर चला गया था।" जावेद ने कहा।

"सब ठीक तो है ?"

"जब से मैं दिल्ली आया, मैं एक बार भी घर नहीं गया था। और अम्मी

का ज़र्द चेहरा मेरी आँखों के सामने नाचा करता था, संजीदा, अपनी कभी न ख़त्म होनेवाली सिलाई पर झुका हुआ...एकबारगी दिल चाहा कि उनसे मिल आऊँ, बता दूँ कि..."

"क्या बता दो ?" मनोरंजन ने जल्दी से पूछा।

"यही कि मेरी नौकरी नहीं रही...उस लड़कीवाले मामले के बाद उन्होंने मुझे निकाल दिया..."

"मगर तुम तो कह रहे थे उस केस से तुम्हारा कोई मतलब नहीं ?"

"मतलब तो नहीं था...मगर वह लड़की नहीं मिली थी और मेरे कुछ दोस्त उस जुर्म के लिए गिरफ़्तार कर लिए गए थे...बल्कि वे अब भी हिरासत में हैं...और पी.सी.ओ. के मालिक ने मुझे भी शक की बिना पर निकाल दिया।"

"अरे, यह तो बुरा हुआ। तो अब तुम क्या करोगे ?" मनोरंजन किसी वजह से जावेद की तरफ़ देख नहीं रहा था।

जावेद ने भी चेहरा दूसरी तरफ़ फेरकर कहा—"मैं फिर घर वापस जा रहा हूँ। अपना सामान ले जाने के लिए दिल्ली आया था और तुमको यह बताना भी चाहता था।"

वह बोलते-बोलते एकदम से रुक गया। वे मद्रास कैफ़े के अन्दर अपनी पुरानी जगह पर आकर बैठ गए थे और होटल में काम करनेवाले छोटू ने उनकी मेज़ को एक गन्दे चिथड़े से पोंछकर उनके सामने कॉफ़ी रख दी। छोटू वहाँ से हटा तो जावेद इतनी जल्दी से बोला कि उसके जुमले के पाँच लफ्ज़ क़रीब-क़रीब एक साथ ही उसके मुँह से निकले जैसे कि उसके अन्दर बहती किसी तेज़ हवा ने एकदम से दरवाज़ा खोलकर उन्हें ढकेल दिया हो।

"मैं शादी कर रहा हूँ।"

मनोरंजन उसका चेहरा भौंचक होकर देखने लगा। कुछ देर तक उसको लगा कि उसने ग़लत सुना है। जावेद की इतने दिनों की ग़ैरमौजदूगी में उसको दूर-दराज़ भी यह ख़्याल नहीं आया कि शादी जैसी चीज़ भी उनके बीच एक मसला बनकर पेश आ सकती है। आख़िर उसने कहा—"तुम तो कहते थे तुम्हें लड़कियों में कोई दिलचस्पी नहीं है ?"

"वह तो नहीं है...मैं तो अब भी तुम्हीं को चाहता हूँ..." जावेद ने डूबती हुई आवाज़ में कहा जो मनोरंजन को अपना यक़ीन दिला पाने के पहले ही ख़ामोशी में लुप्त हो गई।

"तो फिर शादी क्यों कर रहे हो ?" मनोरंजन ने पूछा।

"अम्मी की यही ख़्वाहिश थी और शादी से इनकार करके मैं उन्हें सदमा नहीं पहुँचाना चाहता...उन्होंने अपनी पूरी ज़िन्दगी हम लोगों के लिए दाँव पर लगा दी है...मैं उन्हें किस मुँह से मना करता ? उन्होंने ही मेहरू को मेरे लिए चुना है।"

"मगर तुम वहाँ क्या काम करोगे ?"

"मेहरू के अब्बा मेरी नौकरी लगवा रहे हैं।"

मनोरंजन के चेहरे पर मायूसी की छाया घिर आई थी। उसने पूछा—"तो क्या तुम वापस उसी जेलख़ाने में जाकर क़ैद हो जाओगे जहाँ से निकलने के सपने तुम देखा करते थे ?"

जावेद गहरी साँस लेकर बोला—"जब मैं प्रतापगढ़ छोड़कर दिल्ली आया था, मुझे लगा था मैं जेल से छूटकर निकला हूँ। सब कुछ नया-नया सा लगता था। मेरी दुनिया एकदम से फैलकर बड़ी हो गई थी। अच्छा लगता था। मगर अब मैं देखता हूँ कि अगर प्रतापगढ़ की ज़िन्दगी मेरे लिए जेल थी, तो यह जेल मेरे अन्दर ही है। मैं उससे निकलने में असफल हूँ। बार-बार मैं उन्हीं जगहों पर लौटता हूँ, वही पतली गलियाँ, चाय और पान की दुकान, पीपल और महुए के पेड़ और रात को लालटेन की, या लाइट आ रही हो तो बल्ब की रोशनी में दस्तरख़ान के आगे बैठकर अम्मी के साथ खाना खाना...वही ज़िन्दगी का एक जगह रुके रहने का अहसास। यह सब मेरे अन्दर है और मैं अपने बीते हुए दिन बार-बार जीता हूँ, मेरे ज़हन में नया कुछ भी नहीं है। यहाँ तो मैं अजनबी हूँ..."

देर तक बात करने के बाद वह दम-भर साँस लेने को रुका तो मनोरंजन बोला—"पर मेरे और तुम्हारे बीच क्या रह जाएगा ?"

"मैंने तो तुमसे कहा है कि मैं अब भी तुमको चाहता हूँ। हम मिलते रहेंगे !"

"मगर कैसे ?"

"मैं दिल्ली आता रहूँगा और तुम भी प्रतापगढ़ आना ! अम्मी तुम्हारी बहुत खातिर करेंगी !"

"हमम !"

मनोरंजन ख़ामोश होकर बैठ गया था। उसकी स्थिर आँखें कैफ़े की दीवार पर टिकी हुई थीं। दीवार सस्ते फ़ीरोज़ी रंग से पुती हुई थी। एकदम

से उस पर एक पैटर्न उभरने लगा। चींटियों की एकदम सीधी क़तार ऊपर चली जा रही थी, बड़े अनुशासन के साथ। कहाँ जा रही थी वह ? उसने उनके इरादे को समझने की कोशिश की, अपना पूरा ध्यान लगाकर। जावेद अब भी बात कर रहा था मगर मनोरंजन सुन नहीं रहा था। वह चींटियों को ही देख रहा था। प्रकृति में निहित किसी क़ानून के तहत वे चली जा रही थीं, अपने नन्हे शरीर के किसी कण में यह ज्ञान लिए कि वे कहाँ जा रही हैं। बाहर बारिश रुक गई थी और बादलों के परदे के पीछे से एक पनियल सूरज निकलने की कोशिश कर रहा था।

भूलभुलैयाँ

यह बनारस शहर है, काशी नगरी। शिवजी भगवान के त्रिशूल पर टिकी हुई। दुनिया के पुराने शहरों में बेमिसाल। वक़्त की शुरुआत से यहाँ ज़िन्दगी और मौत का कारोबार चल रहा है। बनारस नगरी ज़िन्दा है, मरे हुए और मरते हुओं को पनाह देती हुई। गलियों की भूलभुलैयाँ में लोगों का हुजूम। बनारस शहर में मरने की तमन्ना लिए जीते हुए लोगों का यह समन्दर है। जो यहाँ मरेगा, वह स्वर्ग जाएगा, जन्नत पहुँचेगा। यह यक़ीन सच की तरह पुराना है। यहाँ रहते-रहते मैं भी इसे मानने लगी हूँ। यक़ीन ही तो आख़िरी सच्चाई है।

भूतों की नगरी। सदियों पहले मरी हुई औरतें ख़ामोशी से अपने घने बाल आसमान पर फैला देती हैं। सायों के साँस लेने से हवा भारी हो जाती है। शाम को ढलते सूरज की लाली में यह साए कलश और मीनार और बुर्ज पर झुक आते हैं। घिसे हुए पत्थर की सीढ़ी के नीचे हौज़ का पानी मटियाले से गाढ़ा हरा हो जाता है; उसमें से उठती काई और कीचड़ की बू सदियों से हवा पर ठहरी है। उधर गली में पतंग उड़ाते हुए बच्चे की उँगली मंझे से कट जाती है तो हज़ारों साल पुराना खून उसमें से बहता है। ढहती हुई इमारतों के पैर इसी सदी में गड़े हैं मगर दरीचे किसी और आसमान के नीचे खुलते हैं। शहर का यह गुंजान फैलाव, तारीख़ की किताब के पन्ने की तरह। यहाँ के अवाम की ज़िन्दगी अपनी लय के साथ उस पर से गुज़रती है। वक़्त की तहरीर है, शहर का यह फैलाव। और एक सदी से दूसरी तक फैली जिन्दगी की हलचल के बीच दरारों में भूत रहते हैं।

भूतों की भीड़ में, अपने ख़ामोश कोने में मैं अभी ज़िन्दा सलामत हूँ।

शायद वक़्त की शुरुआत से ही यहाँ क़ायम हूँ। मैं, कुलसूम बानो, साकिन नूर मंज़िल, 18/20 औसानगंज, कबीर चौरा अस्पताल के पीछे, पीपल के बुड्ढे पेड़ की सीध में। कुलसूम बानो, सय्यद नसीम हैदर की सबसे बड़ी बेटी। वह देखो, अब्बा हुजूर की तसवीर दीवार पर अब भी टँगी है, झुलसते हुए पीले काग़ज़ को हल्के-से थामे। काश्मीरी रोएँदार टोपी और जामावार दोशाला। क़िले की दीवारों जैसे कन्धे, शानदार मूँछें। उनके चालीस गाँव और दर्जन कोठियाँ तसवीर में नहीं हैं मगर उनसे छलका हुआ रोब सय्यद नसीम हैदर के चेहरे पर नक्श है। इस पुराने शहर में पुश्त-दर-पुश्त रहनेवाले खानदान के शजर, बीते हुए ज़माने के किसी अकेले लम्हे में नज़रबन्द। उनके बाद इस पुराने पेड़ पर बचा हुआ आख़िरी समर, मैं। मेरे बाद कोई नहीं। क्योंकि इस दरख़्त पर फिर कोई फल नहीं लगा।

कल वह लड़की मुझसे मिलने आई थी, मर्दों का लिबास पहने, दुबली-पतली, कटे बाल, चश्मा लगाए, शक्ल हू-ब-हू गौरैया की तरह ! आते ही मेरे चेहरे को बड़े ग़ौर से देखती है, मेरी पुराने काग़ज़ जैसी ज़र्द खाल पर पड़ी गहरी खाइयों और मेरी आँखों की बेरौनक वादियों को। जैसे कि मैं अभी-अभी अपने बिल से निकले किसी गुमशुदा जानवर की नस्ल से हूँ। फिर पूछती है—"आप कैसी हैं, आपा बेगम ?" इस अन्दाज़ में मानो वह मेरी बरसों की मुलाक़ाती हो।

बिल में बन्द रहते हुए जानवर की ही बदमिज़ाजी के साथ मैं गुर्राई—

"मैं बहुत बुरी हूँ; बद से बदतरीन, बददिमाग़, बदतमीज़, निहायत बदअख़्लाक़, एक बेइन्तिहा तकलीफ़देह बुढ़िया, बेशर्मी से जिए जा रही हूँ, जीनेवालों पर बोझ, ख़ाक से भी कमतर, एकदम ही गई-गुज़री, नाक़ाबिले बर्दाश्त... ।"

मैं इसी तर्ज़ में और बोलती चली जाती मगर उसका बौखलाया हुआ चेहरा देखकर चुप हो गई। मेरी बात सुनकर वह एकदम सटपटा गई थी, मुँह खुला का खुला, उसमें से एक आवाज़ नहीं, जैसे कि उसे साँप सूँघ गया हो।

फिर उसने दोबारा कोशिश की, हिम्मत तो देखो ! उसने मेरी तरफ़ एक हाथ बढ़ाया, उँगलियों को प्याले की शक्ल में बाँधकर, और बोली—"इजाज़त हो तो आपसे थोड़ी-सी बातें करना चाहती हूँ..."

मैंने कहा, "थोड़ी-सी से तुम्हारी क्या मुराद ? पाव भर, आध सेर, सेर भर...?"

बेचारी ! वह फिर मेरा मुँह ताकने लगी, सिट्टी-पिट्टी गुम। दो ही जुमलों में मैंने उसे शहीद कर दिया ! इस ख़्याल से मेरे चेहरे की झुर्रियाँ मुस्कुराहट में फट पड़ीं। तब लगा जैसे उसे इत्मीनान हुआ और वह भी ज़रा हँसी। बिल्कुल चहचहाती हुई बी गौरैया !

"असल में, मैं पुराने घरों और उनमें रहनेवालों पर मज़मून लिख रही हूँ, अख़बार के लिए। कुछ सवाल पूछना चाहती थी..."

आसानी से जान नहीं छूटनेवाली। अच्छा भाई, तो लो पूछो। पूछ लो फिर अपना रास्ता लो तो मैं भी चैन की साँस लूँ। उसके बाद न किसी का यहाँ आना, न मेरा कहीं जाना। क़िस्सा हुआ ख़त्म, अल्ला-अल्ला ख़ैर सल्ला ! मेरा इतना कहना था कि उसने कन्धे पर टँगे अपने बेग से एक छोटी-सी काली डिब्बानुमा चीज़ निकाली और बोली—"गुस्ताख़ी माफ़ करें तो आपकी बातें रिकार्ड कर लूँ ?"

तो अब मेरी आवाज़ भी बन्द करके ले जाएगी यह लड़की।

हाँ भाई, मैं अपने ख़ानदान में बिल्कुल आख़िरी हूँ। नहीं, और कोई नहीं बचा है। क्या तुम्हें मेरे इर्द-गिर्द भीड़ उमड़ती दिखाई दे रही है ? मेरे वालिद की चार औलादें। पाँच, अगर अली मियाँ को गिन लो तो। बित्ते-भर के थे, तीन साल के, जब हैज़ा उन्हें खा गया। हैज़े के शिकंजे में तो मैं भी आई थी। पर मैं तो सख़्तजान थी, हैज़ा मुझे क्या होता, मैं हैज़े को हो गई। वह दुम दबाकर भागा ! गरज़ कि, हम बचे चार। मैं सबसे बड़ी, फिर इक़बाल मियाँ, फिर ताहिरा, फिर सकीना। सब गए, सब। चलो और आगे बढ़ो।

वालिद क्या करते थे ? वाह, यह भी क्या सवाल है ! क्या करते ? सिर पे हँडिया रखके दही तो नहीं बेचते थे ! रईस थे, रइसों का क्या कोई पेशा होता है ? शान से सिर ऊँचा करके चलते थे।

हाँ, इस हवेली में बहुत आमदरफ़्त थी। भूतों का अड्डा तो यह बहुत बाद में बना। त्योहारों पर चारों सिम्त से रिश्तेदार आते थे। घर भरा रहता था। हर कमरे में लोग अंगूर के गुच्छों की तरह। और देगें उतर रही हैं, खाना पक रहा है, दस्तरख़्वान और बड़ा, और बड़ा बिछाया जा रहा है। एक बार में बाइस-पच्चीस लोग। कोनों-अँतरों में वह मुलाक़ातें, खिलखिलाहट,

सरगोशियाँ। फिर शाम को मिरासनें आती थीं, नाच-गाना होता था, कैसी रौनक रहती थी। उन्हीं को देखकर तो मेरे सिर पर भी नाचने का भूत सवार हो गया था। कोने-कोने नाचा करती थी। मगर अब्बा ने लाख ज़िद करने पर भी घुँघरू लाकर नहीं दिए। लेकिन मैं भी कोई हार माननेवाली तो थी नहीं। याक़ूब को भेजकर मैंने खुद बाज़ार से मँगवा लिए। कैसा नाचने का जुनून था, दिन-भर नाचती थी मगर पैर नहीं थकते थे। खुदा की कसम, यही पैर थे। यही टेढ़े चुड़ैल के पंजे, इन्हीं से नाचती थी। मिल गया ख़ाक में वह ज़माना। ज़मीने चमन गुल खिलाती है क्या, बदलता है रंग आसमाँ कैसे-कैसे।

सन् 1947 में मैं कहाँ थी? जब मुल्क के टुकड़े हुए ? जहन्नुम में ! यहीं थी, अपने वतन में, और कहाँ रहती ? क्या अपना नीम का पेड़ छोड़के चली जाती ? सुना ज़रूर था कि पाकिस्तान बना है, सरहद के उस पार, मगर कौन-सी सरहद, कहाँ थी वह सरहद ? नहीं, हमारे घर से पाकिस्तान कोई नहीं गया, सिवाय इक़बाल मियाँ के। हमेशा के बुज़दिल, दंगे देखके घबरा गए बेचारे। बहकावे में आ गए। और देखो उनका क्या नतीजा हुआ। अपना दिल तो इसी मधुमालती पर टँगा छोड़ गए थे, हाँ यही लतर जिसे तुम सामने देख रही हो, गुलाबी और सफ़ेद फूलोंवाली। वह न गया उनके साथ। मधुमालती की बेल और उसमें रहनेवाली इन्हीं कमबख़्त गौरैयों को याद करते हुए वह मर गए, अजनबी मिट्टी पर।

मेरे बाद ? मुझे क्या मालूम मेरे बाद इस हवेली का क्या होगा। यह फ़िज़ूल की बातें सोचकर मैं वक़्त ज़ाया नहीं करती। होगा वही जो सदियों से होता आया है। बूँद की तक़दीर है समुन्दर में फ़ना हो जाना! एक तरफ़ के कमरे ढहना शुरू हो गए हैं, दीवारें और छत तो बहुत दिनों से बोसीदा हैं। उन्हें बनवाना मेरे बूते से बाहर है। पिछले महीने ड्योढ़ी की दोहरी चहारदीवारी का एक हिस्सा गिर गया। और दीवार के खंडहर में से हलीमा ने मुझे लाकर क्या दिया ! मेरे वही निगोड़े घुँघरू जो मैंने याक़ूब से मँगवाए थे, क़रीब-क़रीब अस्सी साल पहले, जो न जाने कहाँ ग़ायब हो गए थे।

ख़ैर, अब छोड़ो, यह किस्सा बहुत पुराना और साँप की आँत की तरह बहुत लम्बा है। इसे तुम यहीं तमाम करो, जो सुना है बस वही लिख डालो। मैं अब और आगे नहीं बताऊँगी। फ़साना ख़त्म, पैसा हज़म, खुदा हाफ़िज़।

लो, टली किसी तरह से वह बला। अपना काला डिब्बा और हाथ में

टेलीफून लिए। अब तो जिसे देखो हाथ में टेलीफून लिए है, क्या कहते हैं मोबायल। उस दिन तो बिट्टन महतरानी की पोती झल्लो हाथ में मोबायल लिए आकर मेरे सामने खड़ी हो गई। पूछती है–"आपा बेगम, तू जानत हउआ इ का बा ?"

खुदा की शान ! यह इक्कीसवीं सदी है, जनाब, कोई दिल्लगी नहीं। मगर होगी मेरी बला से ! मैं तो अपने ही वक़्त में जीती हूँ। उस लड़की के तेज़ी से भागते हुए वक़्त के बग़ल में मेरा वक़्त ख़रामा-ख़रामा चल रहा है।

जो कुछ बीत गया है, वह ख़त्म नहीं हुआ बल्कि मेरे तसव्वुर में बार-बार खुलता-फैलता रहता है। वह रोशनी और परछाइयाँ अब भी मौजूद हैं। यह शोरगुल से सन्नाटे तक का सफ़र, ज़िन्दगी का एकदम से चल पड़ना और फिर ठहर जाना। वही भूलभुलैयाँ। नूर मंजिल, वक़्त के कोहरे में खोई हुई, यही नूर मंज़िल तो है। मगर नूर मंज़िल सिर्फ़ ईंटों और दीवारों से तो बनी नहीं है, जुग्राफ़िए की असलियत से आगे बढ़कर वह मेरे दिमाग़ की दुनिया में फैल गई है, याददाश्त में, जहाँ उसकी सूरत बर्फ़ में जमे नक्शे की तरह ठहरी है। कितना वक़्त बीत गया है। मगर यह मेरी ग़लतफ़हमी है। वक़्त कभी नहीं बीतता है, वह तो एक दरिया है, हमेशा बहता हुआ। इस दरिया का किनारा कहाँ है ? मैं ही हूँ जो बीती जा रही हूँ। इस बरसात मेरी हड्डियाँ तिरानबे साल पुरानी हो जाएँगी। खुदा का शुक्र है, मेरे हाथ-पैर अभी दुरुस्त हैं। आराम से चलती-फिरती हूँ। कुछ और जी गई तो एक पूरी सदी की चश्मदीद गवाह बन जाऊँगी। अज़ल के पेड़ से टपकी पूरी एक सदी !

वह लड़की तो अपना काम करके चली गई और मेरे अन्दर तसवीरें अड़म है। पूरी नुमाइश लग गई है। एक रंगीन रिबन जो खुलता जा रहा है।

अब्बा की वज़नदार आवाज सुनाई दी थी ड्योढ़ी में, दूर वेटिंग हॉल में। बग्घी अभी-अभी आकर सामने रुकी थी। उनके चमड़े के जूतों की चररमरर। हाथीदाँत की उनकी बेंत की ज़मीन पर ठकठक। सहनची के दर में पड़े भारी से पर्दे को हटाकर, मेरे बालों में कंघी करती हुई अन्ना का हाथ झटककर मैं बाहर भागी थी। बाहर रोशनी की चकाचौंध थी। दूर पर कुएँ की जगत–उसके किनारे जंगली केले के ऊँचे पेड़ों की क़तार। उन पेड़ों से

और भी ऊँचा सन्तरी की तरह खड़ा अकेला सेमल जो शबाब पर था। उसके चटख लाल फूल मेरी आँखों में चुभ गए थे। मैं बेतहाशा दौड़ी थी। मेरे लम्बे खुले हुए बाल हवा में घोड़े की दुम की तरह लहरा रहे थे। मैं तेरह साल की थी। उछलकर मैं अब्बा के कन्धे पर झूल गई थी।

"अब्बा, मैं कब से आपकी राह देख रही थी। आप कहाँ रह गए थे ? क्या आप मेरे घुँघरू ले आए ?"

वह कुछ नहीं बोले। पेशानी पर हल्का-सा बल आ गया। उन्होंने धीमे-से मुझे अपने कन्धे पर से हटाया और साइस की तरफ़ एक बार नज़र घुमाकर देखा, साइस जो बड़े ग़ौर से हमें देख रहा था और सारी बातें सुन रहा था।

"अल्लारखे, जाओ गाड़ी को अस्तबल में ले जाओ।"

फिर मुझसे मुख़ातिब हुए, "चलो बेटा, अन्दर चलो। यहाँ इस तरह हौशा हैरान होकर निकलने की क्या ज़रूरत थी ?"

मेरी बाँह पकड़कर वह मुझे अन्दर ले गए।

अब्बाजान, दुनिया के सबसे हसीन, सबसे अक्लमन्द, सबसे मज़बूत आदमी। और मैं अब्बा के प्यार में बुरी तरह मुबतिला। उनके जैसा दूसरा कोई दुनिया में हो ही नहीं सकता। जब और छोटी थी तो कहती थी, "अगर मैं ब्याह करूँगी तो सिर्फ़ अब्बा से !" इस पर क्या चहचहे-क़हक़हे उठते थे। अब्बा हम तीनों बहनों को बहुत चाहते थे। इक़बाल मियाँ को भी चाहते थे, पर उतना नहीं। लाड़-प्यार में चूर, हम इतराए फिरते थे। कौन था जो इस इतराहट पर रोक लगा सकता था ? अन्ना अकेले में बड़बड़ाती थीं—"ऐसे चोंचले मैंने तो कहीं नहीं देखे। लड़कियाँ हाथ से बेहाथ हुए जाती हैं। कोई-न-कोई फ़ितना रोज़ बरपा रहता है।"

अन्ना झूठ नहीं कहती थीं। हम बहुत शरीर थे। मौलवी साहब पढ़ाने आते तो हम कुछ देर तो क़ायदे से पढ़ते। मौलवी साहब अफ़ीम खाते थे। जैसे-जैसे उनके ऊपर अफ़ीम की पिनक सवार होती, हम चुपके से वहाँ से खिसक लेते। बग़ल की दालान में निकल आते जहाँ घंटाल टँगा रहता था, और उसे ज़ोर से पीटते। मौलवी साहब उछलकर, "हाँय हाँय !" करते हुए सीधे बैठ जाते। फिर हममें से कोई कहता—"मौलवी साहब, आप तो सो गए थे। हम घंटे-भर से सबक़ दोहरा रहे हैं।"

"तो क्या आमोख़्ता हो गया ?" मौलवी साहब हिचकिचाते हुए पूछते।

"जी मौलवी साहब।" हम एक आवाज़ में कहते।

"अच्छा तो कल का सबक़ याद करके रखना," वह जूतियों में पैर डालते हुए कहते और सिर पर टोपी सँभालते गली में निकल जाते। आधे घंटे में चटापट पूरा सबक़ ख़त्म ! फिर क्या था। हमारी घर-भर के बुजुर्गों की नक़्काली और हमारी चुहलबाज़ी। कभी अन्ना के नक़ली दाँत छुपा दिए और उनकी पोपली ज़बान पर ठट्ठे लगा रहे हैं, या भरी दोपहरी में बुर्क़ा पहनकर भूत बने अन्ना की बेटी सुग्गन को धमका रहे हैं। कभी चचा मियाँ के छोटे बेटे अट्टू को मुर्ग़ी के दरबे में बन्द करके वहाँ से चलते बने ! हमारी शोख़ी और शरारत पर सूरज नहीं ढलता था।

शिकायतें आतीं तो भी अब्बा के कानों पर जूँ नहीं रेंगती। उनकी उलफ़त के घेरे में महफ़ूज़, हम बेहंगम बड़े हो रहे थे। शरारत हम करते, डाँट बेचारे इक़बाल मियाँ को पड़ती। इक़बाल पर वह कड़ी निगरानी रखते थे कि लड़का बिगड़ने न पाए। मगर बेटियों के ख़िलाफ़ वह कुछ भी सुनने को तैयार ही नहीं थे। हमारे लिए रिश्तों की बात उठती, तो दुनिया का कोई लड़का उन्हें हमारे लायक़ नहीं लगता। किसी की नस्ल ठीक नहीं, कोई नाटा था, कोई काला, कोई मग़रूर तो कोई ज़रूरत से ज़्यादा बातूनी। उनके तेवर समझकर हम भी इन होनेवाले शौहरों को तरह-तरह के ख़िताब दे देते। 'नटुल्ला', 'चिनिया बादाम', 'काला कलूटा बैंगन लूटा', 'अरबी घोड़ा' वग़ैरह। ग़रज़ कि, कहीं से भी पैग़ाम आता तो उसमें कोई-न-कोई ऐब देखकर वह मना कर देते। सो हम अपने ख़ानदान की, नस्ल की, हुस्न की बलन्दी पर नूर मंज़िल में क़ायम रहे। उसे छोड़कर कहीं नहीं गए। अब्बा देखिए, मैं नूर मंज़िल में अब भी हूँ। आपको मेरा पता-ठिकाना ढूँढ़ना नहीं पड़ेगा।

नूर मंज़िल का यह वसीह हाता। जहाँ बरसात के दिनों में पौधे दिन दूने रात चौगुने बढ़ने लगते हैं, जोंक और लिल्लीधोड़ियाँ, बीर-बहूटियाँ और छोटे-छोटे मेढ़क रंगरलियाँ मनाते हैं। साल भर से ज़मीन के नीचे क़ैद साँप बिलों में से निकलकर बल खाते हुए बारिश का इस्तिक़बाल करते हैं और लम्बी-लम्बी घास सारे में हरी आग की तरह फैल जाती है। हाँ, बनारस शहर की गहमागहमी के बीच अब भी यह हाता मौजूद है। भीड़-भाड़ को चीरते हुए अब भी आप यहाँ पहुँच सकते हैं।

नूर मंज़िल। लखौरी ईंटों से बनी कम-से-कम तीन फुट चौड़ी दोहरी

दीवारें, ऊँचा दरवाज़ा, लोहे की कीलों से जड़े दो फ़ौलादी फाटक, दरवाज़े के अन्दर लम्बी पेंचदार ड्योढ़ी और ड्योढ़ी से तीन सीढ़ियाँ उतरकर बड़ा-सा खुला हुआ सहन। सहन के बीचोबीच एक हौज़ जिसमें फ़व्वारे का पानी रोशनी को छूने के लिए बेताब, लपकता ही रहता था। सहन के दो तरफ़ मेहराबदार दालान जिसकी दरों में उन दिनों मोटे और भारी पर्दे पड़े रहते थे। जाड़े में पर्दे गिरा दिए जाते थे तो सर्दी का नामोनिशान नहीं रहता था और गर्मी में पर्दे हटते तो सहन से सरसराती हुई हवा अन्दर घुस आती और तपिश मिट जाती। दरों के साथ-साथ चलती मधुमालती की चार बेलें जिनके तने पुराने होते-होते इतने मोटे हो गए थे कि अफ्रीका के घने जंगल की किसी बेल के भी क्या होंगे। मधुमालती में सैकड़ों गौरैयों का बसेरा था...सुबह-शाम उनकी चाँय-चाँय से ऐसा गुल मचता था कि कान पड़ी आवाज़ सुनाई नहीं देती थी।

अन्दर कमरों की छतों में फ़र्शी पंखे, ज़री की झालरवाले, लटके रहते थे। अब तो बिजली के आ जाने से वह पंखे बेकार हो गए हैं। मगर बड़े कमरे में अब भी एक फ़र्शी पंखा टँगा है। याद हैं गर्मी की वह लम्बी दोपहरें जब सुग्गन पंखे की रस्सी पैर के अँगूठे में फँसाकर घंटों खींचा करती थी। कभी-कभी तो वह खुद ऊँघ जाती मगर अँगूठा अपना काम करता रहता।

सहन के एक कोने में चौड़ी सीढ़ियों का घेरदार ज़ीना जो छत की बरसाती के सामने निकलता है। नूर मंज़िल की यह दूर तक फैली, खुली हुई छत। गर्मी की रातों में इस छत पर हम चारपाइयाँ डाल लेते थे। चारपाई पर बिछी चाँदनी और तकियों के सिरहाने रखे बेले और चमेली के फूलों की क्या गमक उठती थी ! जब उमस और घुटन होती और आसमान से आग बरसती मालूम होती तो हम इन मूँज की चारपाइयों पर पानी छिड़क लेते थे, या कभी-कभी गुलाब और केवड़ा। पानी बरसता तो चारपाइयों को खींचकर बरसाती के अन्दर कर लेते। और सहन के ऊपर, छत के छज्जे के नीचे कबूतरों की काबुकें। अन्ना कहती थीं जिस घर में कबूतर हों वहाँ बीमारी नहीं आती। लक़्क़ा और शीराज़ी और काबुली और वह क़ीमती अनारदाना, अकबर बादशाह जैसी आँखोंवाला।

अब तो आधे से ज़्यादा कमरे बन्द पड़े हैं। हवेली का एक हिस्सा मेरे इस्तेमाल के लिए खुला है। दालान की आख़िरी हद के पास चार सीढ़ियाँ उतरकर तहख़ानेवाला कमरा जो गर्मी के दिनों में भी सर्दख़ाना बना रहता

है, उसके बग़ल की सहनची जिसमें मैं जाड़े काटती हूँ और उससे लगी हुई कोठरी जो मेरे बावर्चीख़ाने का काम देती है। इसी के बाहर हलीमा सोती है, मय अपनी बहू और पोता-पोती के, जब उसका हरामख़ोर शराबी बेटा बनारस की गलियाँ छानता फिरता है। रात को सब अपना बिछौना लाकर क़तार से बिछाते हैं तो उसमें से उठती थकान और पसीने की बासी बू से मेरा कलेजा बैठ जाता है। मगर मजबूरी है। मैंने ही तो इन लोगों से यहाँ सोने के लिए कहा है। तो ज़ाहिर है इस मजमे को बर्दाश्त तो करना ही पड़ेगा। कहीं रात-बिरात मैं गिरकर अपनी टाँग तोड़ लूँ तो उठाने के लिए किसी को यहाँ मौजूद तो रहना चाहिए।

वैसे हलीमा मेरी देखभाल करने में कोई कोताही नहीं करती। जब देखो सिर पे सवार रहती है, कभी "आपा बेगम चाय पीजिएगा ?" कभी "आपा बेगम, गुस्ल का पानी लाऊँ ?"

खुदा महफ़ूज़ रखे चुड़ैल के नहलाने से ! क्या मैं रात-भर कीचड़ में लोटती हूँ ? मगर उसका यहाँ होना भी ऊपरवाले की मेहरबानी है। मैं कौन उसे हीरे-जवाहरात दे देती हूँ। बस वही ज़िन्दा रखने-भर की दो रोटियाँ और दाल। खुद ही मुसीबत की मारी है तो यहाँ पड़ी हुई है नहीं तो मुलाज़िम आजकल मिलते कहाँ हैं ?

बाक़ी घर बन्द पड़ा है। मेरी सहनची के बग़ल से घेरदार ज़ीना छत पर जाता है। वहाँ भी लम्बी-सी दालान है। इस दालान का नाम शहीद मर्द की दालान पड़ गया है। रात को, बहुत रात को जब सन्नाटा छा जाता है तो ज़ीने पर से शहीद मर्द खड़ाँव पहने उतरता है। उसकी खड़ाँव की खटपट-खटपट बराबर मेरे कानों में आती है। मगर वह किसी तरह से सीढ़ियाँ उतरना ख़त्म ही नहीं करता, बस उतरता ही जाता है। दो सौ साल से वह सीढ़ियाँ उतर रहा है; उसका यह सीढ़ियाँ उतरना हमारे ख़ानदान की तारीख़ में दर्ज है। बरसाती की खिड़की खोलकर गली में देखो, तो उसकी मज़ार सामने बनी हुई है। कुछ का कहना है यह रूह अच्छी है, कुछ और हैं जो कहते हैं कि यह परेशान करनेवाली बुरी रूह है। ख़ैर रूहों का क्या ठिकाना, मैं हर जुमेरात हलीमा को दालान पर भेजकर चिराग़ और अगरबत्ती जलवा देती हूँ। वैसे अब यह रूह मुझे क्या परेशान करेगी, मैं तो खुद ही रूह बनी जा रही हूँ !

सबको अलविदा कह चुकी। अब्बा, अम्मी, चचा मियाँ, चची जान। फिर

मेरी दो बहनें और एक भाई। यह तीनों मुझसे छोटे ! हवेली के बाएँ हिस्से में चचा मियाँ की चार औलादें। सब गए। ग़ाफिल होकर सो रहे हैं, नीम के नीचे। नीम के पीले पत्ते क़ब्रों पर लहराकर गिरते हैं। बार-बार मैं हाथों से पत्तों को हटाती हूँ, साफ़ करती हूँ। क़ब्र पर जमी मिट्टी को नाखूनों से खुरचती हूँ। नीचे से संगमरमर निकलता है। उस पर खुदे हुए नाम। सिर्फ़ नाम, और कोई निशान बाक़ी नहीं। मिटे नामियों के निशाँ कैसे-कैसे। बस मैं ही हूँ, एक टाँग इस दुनिया में पसारे, एक उसमें—दोनों जहाँ पर हावी। मैं. कुलसूम बानो। इस नाम से मुझे पुकारनेवाला कोई नहीं बचा है। मैंने सबको पछाड़ दिया है, मैं तो मरती ही नहीं ! बस अब हर क़दम फूँककर रखती हूँ। मैंने अम्मी का हश्र देखा है, सबक़ सीखा है। अभी मैं जीना चाहती हूँ; जीने की तमन्ना मेरे जिस्म के पोर-पोर में बसी हुई है।

नूर मंज़िल की छत की काई से काली मुँडेर पर खड़ी होकर मैं अपने बाज़ुओं को डैनों की तरह फड़फड़ाती थी। बड़ा-सा चाँद, पीली रकाबी जैसा, आसमान में निकला होता था। एक गुबार के बीच ज़ोरदार 'हफ़ हफ़!' की आवाज़ के साथ मैं ऊपर उठती थी। चाँदनी-सी उजली इमारतें, पेड़, खम्भे सब पीछे छूटे जाते थे ! हवा को अपने पंखों से तराशती मैं नूर मंजिल की दालान को मुड़-मुड़कर देखती थी जो दूर, और दूर हुई जाती थी। और दिल में आज़ादी का वह अहसास। खुशी फुलझड़ी की तरह दिल में छूटती थी। बार-बार, बरसों तक, यह ख़्वाब मेरी बन्द आँखों के पर्दे पर नाचा करता था। मैं अम्मी को इसके बारे में जाकर बताती थी। अम्मी बिस्तर पर पड़ी थीं। उड़ना तो दूर, वह चल भी नहीं सकती थीं।

मेरी अम्मी। हाँ, मुझ जैसी ख़बीस की भी कभी अम्मी थीं। नुसरत बानो। इसी ड्योढ़ी में गिरी थीं। कूल्हे की हड्डी ऐसी टूटी कि वह फिर कभी खड़ी नहीं हुई। सागवान के बड़े-से पलंग पर वह सहनची में लेटी ही रहती थीं। मौसम बदलते थे, गर्मी से बरसात, बरसात से जाड़ा, फिर बसन्त और पतझड़ और फिर गर्मी। उनके हाल में कोई तबदीली नहीं आती थी। उनके लेटे रहने से पलंग की निवाड़ झूल गई थी। वह ढलती जा रही थीं। उनका बेबाक हुस्न। कैसी आग के दरिए जैसी आँखें, चेहरे पर क्या जज़्बा। उन आँखों को बुझते मैंने देखा है। या खुदा ! ऐसा जज़्बा दिया ही क्यों अगर उसे यूँ शिकस्त होना था ?

आज मैं यह कह रही हूँ जब बीते दिनों की भूलभुलैयाँ में भटकते हुए

उनकी तसवीर मेरी आँखों के सामने उभर आई है। उन दिनों हमें उनकी बेबसी का अहसास कम था, बहुत कम। वह हवेली के कोने में पड़ी रहती थीं, जब हम दिन-भर धमाचौकड़ी में मशगूल रहते थे, घूमती हुई दुनिया के ठहरे हुए नुक्ते की तरह। सामने से कोई गुज़रता तो वह पुकारती थीं, जिस पुकार को सुनकर कभी कोई आ जाता, कभी अनसुना करके आगे बढ़ जाता। कौन-सी तेज़ी, कैसा ज़ोर था वह जिसके बहाव में हम आगे बढ़े जा रहे थे, जिसमें कानों तक उनकी आवाज़ नहीं पहुँचती थी ?

किसी दोपहर, जब उनकी पुकार सुनकर मैं चली जाती तो हाथ के इशारे से वह मुझे अपने पास बैठने को कहतीं। फिर, सहन के एक कोने में लगी हुस्ने हिना की झाड़ी से छनकर आती सूरज की रोशनी की तरफ़ वह मुझे मुख़ातिब करवातीं। हुस्ने हिना की हिलती हुई गुत्थम-गुत्था टहनियाँ सामनेवाली दीवार पर बारीक-सी भूलभुलैयाँ जैसी परछाईं बना रही होतीं। हम दोनों इसको देखते, वह लेटी हुई, मैं बैठकर। जब तक दोपहर के सूरज की रोशनी मद्धिम होते-होते ख़त्म नहीं हो जाती। यह बार-बार बनती बिगड़ती बदलती परछाइयाँ पल-भर की ही होतीं लेकिन रोशनी और परछाईं के इस खेल में हमें जज़ीरे दिखाई देते, हवा से सिहरती घास और पेड़, जलते पत्तों से उठता धुँआ और रेगिस्तान पार करता हुआ कई दिनों पहले चला ऊँटों का क़ाफ़िला। एक फ़ानी दुनिया जो धीमे-धीमे काफ़ूर हो जाती। वह फुसफुसाकर मुझसे पूछतीं, देखो, वह हवा में झूमता नारियल का झुरमुट तुम्हें दिख रहा है? वह बड़े-बड़े जहाज़ और रेगिस्तान में नागफनी के पेड़ ? उनकी खिसखिसी आवाज़ में पतिंगों के टूटे पंखों जैसी महीन-सी खड़खड़ाहट होती।

मगर ज़्यादा मौक़े ऐसे होते थे कि मैं भी उनकी पुकार को अनसुना करके अपने में ही मशगूल रहती थी। बड़ी मसरूफ़ियत रहती थी उन दिनों।

ताहिरा बीवी दौड़ी हुई चली आ रही थीं।

"आपा ! आपा ! जल्दी चलिए। चील फिर आ गई है !"

ताहिरा, मेरी छोटी बहन, मुझसे चार साल छोटी, मेरी मुरीद। मुर्गी के बच्चे टापे में से निकालकर सहन में दाना चुगने के लिए छोड़ दिए गए थे। मेरी मोनार्का कल्लो के बच्चे! दो दिन से चील उन पर मँडरा रही थी; एक दिन पहले एक चूज़ा उठा ले गई थी। आज फिर लौटी है। ख़ुदा ग़ारत करे !

ताहिरा के पीछे मैं बिजली की तरह लपकी, नंगे पैर, जूती पहनने की

सुधबुध नहीं। सहन के ऊपर आसमान का नीला तम्बू तना हुआ था, तम्बू पर सफ़ेद बादलों की झंडियाँ। एकदम साफ़, चील से ख़ाली। फिर ग़ौर करने पर, बहुत दूर की ऊँचाइयों में एक काला नुक्ता नुमायाँ हुआ जो बड़ा होता गया। चील तेज़ी से नीचे उतर रही थी। मेरी नज़र मुर्गी के बच्चों पर गई, पीले ऊन के गाले जैसे, अपनी दो हफ़्तों की ज़िन्दगी की मासूमियत से भरे हुए ! चील को देखकर मेरी आँखों में खून उतर आया उस दिन। एकदम से ज़मीन पर चील की काली परछाईं पड़ी और एक ज़बरदस्त झपट्टे के साथ वह चूज़ों पर टूटी। फिर क्या था। पलक झपकते मैं चील पर झपटी। अपने पूरे वज़न से उसे दबा लिया। उसके गर्म डैने मेरे सीने के नीचे फड़फड़ा रहे थे। उनमें धूल और ऊँचाइयों की बू थी।

"सुग्गन, सुग्गन !" मैं चीख़ी। "जल्दी से बड़ी वाली क़ैंची लाओ।"

एक तैश में, सुग्गन और ताहिरा की मदद से मैंने चील के पर काट डाले। उसको चूज़ों के साथ चलते हुए देख लिया तभी मेरा खून ठंडा हुआ।

वही सहन तो है, अब भी। रोज़ शाम को कुर्सी निकलवाकर मैं उसमें बैठती हूँ। फ़िज़ा के रंग को मटियाले से सुरमई से स्याह में बदलते देर तक देखती रहती हूँ। मेरे चारों तरफ़ तन्हाई गाढ़े काले धुँए की तरह फैल जाती है। सहन के एक तरफ़ खूँटे पर हलीमा की बकरी बँधी रहती है, वह भी काली। वह मुझे अपनी बेमक़सद आँखों से निहारती है और मैं किसी अहमक़ की तरह वापिस उसकी तरफ़ ताकती हूँ। लानत है इस हलीमा पर। उसे यही एक जगह मिली है बकरी को बाँधने की। एक दिन खुल गई थी तो सारे गुलेअब्बासी के पेड़ चबा गई। बकरी का चबाया दोबारा पनपता भी तो नहीं। और मेंगनियाँ देखकर तो मेरे तन-बदन में आग लग जाती है। काली-काली मनहूस गोलियाँ हर तरफ़ फैली हुईं। झाड़ने-बुहारने का शउर नहीं है चुड़ैल को, बस लीद फैलाना आता है। मगर अब कितनी बातों के लिए बकूँ; मैं भी हाथ-पे-हाथ धरे बैठी रहती हूँ इस कूड़ेख़ाने में।

आज सहन में बैठी थी तो सामने बड़े कमरे से सकीना बीवी की आवाज़ मेरे कानों में आई। सकीना, मेरी सबसे छोटी बहन की। उसकी गोल-सी फिसलती हुई आवाज़, जैसे उसके गले में तेल से तर, चिकनी सुरों की रस्सी हो। सकीना का पतला किताबी चेहरा मेरी आँखों के सामने उभरा। कानों में ज़मुर्रत का आवेज़ा। उसका फ़ीरोज़ी दुपट्टा बड़े कमरे की बरसों से ठहरी हवा में लहराया। वह ताम्बे के एक पुराने घड़े के अन्दर मुँह

डालकर गाती थी। घड़े के अन्दर बन्द, बाहर निकलने का रास्ता ढूँढ़ती-सी आवाज़ और भी गूँजने लगती थी। वह घड़ा बहुत दिनों तक घर में लावारिस टकराता फिरता था, कभी उसे कोई उठाकर मोदीख़ाने में रख देता, तो कभी वह टूटे बर्तनों के अम्बार में पड़ा मिलता। फिर वह भी मेरे घुँघरुओं की तरह ग़ायब हो गया। इस घर के हरामख़ोर नौकरों की बदौलत कोई सामान अपनी जगह पर नहीं रहने पाता। सकीना की आवाज़ साफ़ मेरे कानों में आई थी। अपना वही पसन्दीदा गाना गा रही थी जिसे वह बार-बार गाया करती थी–

"झुकी आई रे बदरिया सावन की,
सावन की मनभावन की..."

घंटों सकीना और मैं बड़े कमरे में बन्द रहते थे। उसका गाना और मेरा नाचना ! क़सम से कहती हूँ, किसी तरह से ख़त्म ही नहीं होता था। कैसा जुनून था जो उन दिनों मुझ पर हावी रहता था। पता नहीं कहाँ से यह नाचने का शौक़ मेरे सीने में उमड़ा था। क्या यह उन्हीं मिरासनों की देन थी, जो हवेली में शाम को आया करती थीं, या इस शौक़ की जड़ें किसी दूसरी गहरी, पोशीदा जगह तक पहुँची हुई थीं ? क्या यह मुझे किसी नाचनेवाली से खून में मिला था, कोई खूबसूरत नाचनेवाली जो पान की खुशबूदार गिलौरियाँ खिलाकर मेरे परदादा, लकड़दादा के दिल में बैठ गई हो ? कहीं से तो आया था मेरे खून का यह उबाल जो पैरों की हरकत और जिस्म की जुम्बिश में ही ठंडा होता था।

आँखें बन्द, चेहरे पर मुस्कान, दिलोदिमाग़ किसी और जहाँ में, मैं नाचती चली जाती थी। पैर छिल जाते थे मगर थकते नहीं थे। गोल-गोल, बड़े कमरे के पत्थर के फ़र्श पर मैं चक्कर काटती रहती थी। फिर अपने घेरदार ग़रारे के पाँयचे सँभाले, एक ही जगह पर सिमट आती लट्टू की तरह। जितनी देर नाचती मैं कहीं और, कोई और होती। आख़िर हाँफती हुई जब रुकती तो उस दूसरी दुनिया का अहसास देर तक मेरे ज़हन में नाचता रहता !

बहुत दूर, दुनिया के किसी दूसरे छोर पर सकीना बीवी घड़े के अन्दर मुँह डाले गाना गा रही है। शाम हो गई है। गुलाबी और सुनहले आसमान से उतरकर सकीना की आवाज़ मेरे कानों में गूँज रही है। यह भी कैसा मोजिज़ा है कि पिछले महीने, दीवार के पीछे छुपे हुए मुझे अपने अस्सी बरस

पुराने, खोए हुए घुँघरू मिल गए। मैंने उन्हें हाथ में लेकर, उलट-पलटकर देखा। वाक़ई घुँघरू तो वही हैं, बस वक़्त और नमी के असर से उन पर हरी-सी कलौंछ आ गई है। तकलीफ़ से मैंने अपनी अकड़ी हुई कमर को झुकाया, आज़माया, और अपने काठनुमा पाँव पर वह घुँघरू बाँध लिए। फिर किसी बड़ी-सी बेढंगी चिड़िया की बेढब हरकत के साथ मैंने वहीं खड़े-खड़े एक धीमा-सा लड़खड़ाता हुआ चक्कर काटा। दिल में जैसे कुछ गूँजा, कुछ याद आया। मोर्चा खाए हुए घुँघरू में से एक गूँगी-सी, दबी-दबी आवाज़ निकली। मुझे लगा जैसे वह दूर कहीं और बज रहे हैं।

बियाबान में

आजकल मैं लिखने की कोशिश करती हूँ पर मन में कोई ख़्याल नहीं आते। हमारे शहर में नौकरी पाने की गुंजाइश कम है। टीचर, पत्रकार, डॉक्टर, वकील...मैंने इनमें से कोई भी, कभी भी, बनना नहीं चाहा। मैं लिखने की कोशिश करती हूँ। अपना पूरा ध्यान मैं अपने लेखन पर केन्द्रित करना चाहती हूँ। पर मेरा दिमाग़ उस आकाश की तरह ख़ाली है जो मेरे सामने खिंचा हुआ है। कभी-कभी वाक्यों के टूटे-फूटे समूह, धुँधले चेहरे, बहुत पहले बीते दिनों के चिथड़े मेरे दिमाग़ पर किसी कारवाँ की तरह गुज़र जाते हैं। पर मैं इन आकारों को थामकर किसी सम्पूर्णता में ढालने में असमर्थ हूँ। यह छवियाँ दूर आकाश में उड़ जाती हैं, पक्षियों की तरह।

किन्हीं दिनों मन में एक धुँधली-सी आकांक्षा जगती है—क्या मैं इसे लिखने के लिए प्रेरणा मान लूँ ? जैसे किसी गूँगे के अन्दर आवाज़ उठ रही हो। मैं इस आवाज़ को बड़े ध्यान से सुनती हूँ, अपनी इन्द्रियों पर ज़ोर डालकर। मगर इसके पहले कि मैं उसे बूझ पाऊँ, वह खो जाती है। मैं उसे सुन नहीं पाती। रोज़ हाथ में क़लम लेकर मैं काग़ज़ के सामने बैठती हूँ। पर यह ऐसी जंग है जिसका अंजाम मेरी हार ही होता है। थोड़ा दिखता, थोड़ा छुपा हुआ कोई साहिल मेरी कल्पना के पड़ोस में सिहरने लगता है—कभी आगे बढ़ता-सा जान पड़ता है, कभी पीछे हटता हुआ। इसी परछाईं का पीछा मैं अपनी सीमित क्षमता से करती हूँ। शून्य में छिपी किसी सम्पूर्णता की तलाश में दूर अनजान में उठती हूँ और गिरती हूँ। अजीब-सा तजुर्बा है, शून्य के साथ मेरा यह सामना।

मगर मैं हिम्मत नहीं हारती हूँ। मैंने अपनी छत पर, टीन की शेड के

नीचे एक झूला डाल लिया है। घंटों उस पर बैठकर मैं सोचा करती हूँ। दिन बीत रहे हैं। कभी कुछ पंक्तियाँ लिखती हूँ, फिर उन्हें काट देती हूँ। झूला अपनी ज़ंग खाई हुई ज़ंजीर पर कराहता है। मैं ज़मीन पर पैर से धक्का देती हूँ तो झूला आगे बढ़ जाता है, फिर पीछे आता है तो पैर से एड़ लगाकर उसे रोक लेती हूँ। आजकल मेरा यही शग़ल है। गर्मियों में आसमान सफ़ेद होता है, जाड़ों में नीला और बरसात में उस पर खुरदुरे धागे उभर आते हैं। तब वह खद्दर के दोशाले की तरह दिखने लगता है। समय के बड़े-बड़े चकत्ते तैरते हुए निकल जाते हैं जैसे वे कुछ हों ही न। ऐसा लगता है जैसे दिन एक-एक करके नहीं, कई-कई के झुंड में बीत रहे हैं। कभी-कभी एक पूरा मौसम एक अकेले दिन की तरह निकल जाता है। मेरे पास इतना समय बीत जाने के लिए दिखाने को कुछ नहीं है। एक कहानी भी नहीं। सिफ़र। बहुत बुरा है।

मेरी दृष्टि के दायरे में कई चीज़ें हैं। धूल से लदे सफ़ेदे के नीले-से पेड़ों की एक लकीर है। वे एकदम सीधे और ऊँचे खड़े हैं। हवा चलती है तो वे एक तरफ़ को लचक जाते हैं और लकीर थोड़ी टेढ़ी हो जाती है। एक चिलबिल का पेड़ है, वह भी धूल से लदा। दो सेमल, पास-पास सटे हुए। उनकी शानदार मोटी डालें आसमान की तरफ़ घूमी हुई हैं और विशाल तने ज़मीन में मज़बूती से गड़े हैं। यह ताक़त उन्होंने जीवन की रहस्यमय ऊर्जा से बटोरकर इकट्ठा की है। सेमल की डालों पर ठहरी मोटी-मोटी कलियों की मांसलता—यह एक करिश्मा ही तो है। मैं कलियों से लदी डालों को ईर्ष्या से देखती हूँ। इतने दिनों में मेरे मन में एक मुर्झाया हुआ फूल भी नहीं पनपता है। फिर सेमल की कलियों का फूलों में बदलने का धीमा रहस्य।

इन पेड़ों के पीछे सड़क रेलवे स्टेशन की ओर जाती है। मेरे घर से स्टेशन बहुत पास है, रास्ता एकदम सीधा। कहीं मुड़ना नहीं, न दाएँ न बाएँ। सड़क हमेशा चलती रहती है, लोग हमारे शहर आते रहते हैं या उसे छोड़कर जाते रहते हैं। हमेशा आने या जाने की क्रिया में लीन। आजकल ज़्यादा लोग आ रहे हैं। इस साल अर्धकुम्भ है। लोगों का एक समुद्र उमड़ा हुआ है, नदी के किनारे एक नया शहर उग आया है। तम्बुओं, सड़कों और बत्तियों का शहर। ऊँचे-ऊँचे बत्ती के खम्भे अँधेरे को अपने सिर पर रोके हैं, जैसे उनके सिर पर काली तिरपाल पड़ी हो। समय भी गतिमान है, रुकता नहीं। एक मैं ही, जो एकदम स्थिर हूँ।

एकदम से धरती के सीने से एक भारी गर्जन उठती है, तेज़ होती है, फिर किन्हीं दूरियों में ग़ायब हो जाती है। मेरे घर की खिड़कियों के शीशे खड़खड़ा उठते हैं। रेल के चले जाने के बाद ख़ामोशी छा जाती है। ख़ामोशी बहुत ज़ोर से बजती है। फिर स्टेशन पर घंटी की टन से आवाज़ सुनाई पड़ती है—वह आवाज़ जिससे गाड़ी के आने या जाने की घोषणा ख़त्म होती है। दिन-भर गाड़ियाँ आती हैं और जाती हैं। उनके आने और जाने से मुझे लगता है मैं पीछे छूटी जा रही हूँ, अपने झूले पर बैठी हुई।

आँख के कोने से मैं देखती हूँ कि छत के दूसरे सिरे पर राधा आकर बैठ गई है। उसके सामने मटर का थैला है और वह एक कटोरे में फलियों के दाने छील-छीलकर रख रही है। उसकी कोशिश है कि वह मुझे 'डिस्टर्ब' न करे, वह जानती है कि मैं 'काम' कर रही हूँ। पर वह अकेले किचन में नहीं रहना चाहती। छत पर, चाहे मुझसे दूर ही, बैठकर उसको मेरे साथ होने का आभास है। इतनी सांत्वना उसके लिए काफ़ी है। पर यह उसको चाहिए। उसके डर को चाहिए। रात-भर वह अपने कमरे में बत्ती जलाए रखती हैं। तभी उसको नींद आती है।

राधा भी पीछे छूटी हुई है। वह हमारे शहर छह साल पहले आई, कुम्भ में कल्पवास के लिए। फिर वह उसे छोड़कर नहीं गई। मेले में 'खोने' वाली हज़ारों औरतों में से वह भी एक है। इतने वर्ष निकल गए। उसका पति उसे ढूँढ़ने नहीं आया है, या शायद वह उसे मिली नहीं है। वह कहती है यह नामुमकिन है कि पति उसे ढूँढ़ने न आया हो। मगर किसी दिन वह कहती है उसका पति दुष्ट है। तब उसके दिल में 'पाए' जाने की आशा कम होती है। पति का नाम उसके संस्कार उसे लेने नहीं देते, ससुर हैं नहीं, सास का नाम ले सकती है। और गाँव का हवाला दे सकती है। वह अनपढ़ है, किसान के घर की बहू। दस साल बीत चुके हैं। मायूसी उसके दिल पर पत्थर की तरह बैठ गई है। इसी मायूसी में उसने अपने लिए दूसरा जीवन रच लिया है।

तब पाँच साल की उसकी बच्ची रश्मि किरण अब ग्यारह साल की है। बिना पिता की। उसका शारीरिक विकास एक जंगली झाड़ी की तरह। दिन-ब-दिन वह बड़ी होती गई है, पर मन एक ही जगह अटका है। उसी मेले में खो जाने के क्षण में। उसी धुन्ध में। वह बहुत कम बोलती है। सुबह मुझे देखती है तो दोनों हाथ जोड़कर कहती है "नमस्ते" और एक शर्मीली-सी

मुस्कुराहट उसके चेहरे पर खेल जाती है। राधा और रश्मि किरण मेरे ही घर में रहती हैं, पीछेवाले कमरे में जहाँ मैंने उन्हें जगह दे दी है। मैं अपने को दयालु समझती हूँ, मगर मैंने ऐसा अपने लिए ही किया है। मुझे उनको शरण देने से सुख मिलता है, और मेरा सब काम राधा कर देती है। मेरा स्वार्थ मेरी उदारता के नीचे एक साँप की तरह मुड़ा हुआ दुबका है।

मेरे घर के सामने, सड़क की दूसरी तरफ़ कई दरोंवाली एक पुरानी इमारत है, पीले चूने से पुती हुई। पीले चूने पर कहीं-कहीं काले धब्बे हैं जहाँ पिछली बारिश में काई उगी थी। यह एक स्कूल की इमारत है। महर्षि दयानन्द शिक्षा सदन की। इमारत का एक तरफ़ का हिस्सा ढहा दिया गया है और वहाँ ईंटों और मलबे का ऊँचा-सा अम्बार है। सुना है यहाँ कुछ नया बनेगा। पर अगर यह सच है तो इस काम में अभी कोई तेज़ी नहीं आई है। यहाँ साँप और बिच्छू का डेरा है। 'महर्षि दयानन्द शिक्षा सदन' का बोर्ड बाहर टँगा है और वह भी ज़ंग खाया, बदरंग और छेदहा हो गया है। किसी नुचे-खुचे जानवर की याद दिलाता है। हवा चलती है तो बोर्ड का लकड़ी का फ्रेम थकान से चरमरा उठता है। मगर इस इमारत में स्कूल अभी चलता है। आसपास की बस्ती के बच्चे इसी में पढ़ते हैं। रश्मि किरण का नाम भी मैंने इसमें लिखवा दिया है। बच्चों के पहाड़े रटने और कविता गाने की आवाज़ें मुझे यहाँ, अपने झूले पर सुनाई देती हैं। फिर छुट्टी की घंटी बजती है तो लाल स्वेटर पहने बच्चे पुरानी इमारत से लुढ़कते हुए-से निकलते हैं। एक तरफ़ लटके हुए फाटक में से बाहर को धक्का देते हुए वे बोर्ड के सामने से गुज़र जाते हैं, जैसे बरसात के दिनों में धरती में से ढेरों बीरबहूटियाँ एकदम से निकल आई हों।

मैं राधा की तरफ़ सिर घुमाकर देखती हूँ। इसे वह पास आ जाने की इजाज़त की तरह पढ़ती है। वह मटर वहीं छोड़कर मेरे पास आती है। क्या है, या नहीं है, इस औरत में कि उसके पति ने उसको लेने आना ज़रूरी नहीं समझा ? मेरी आँखें उसके हुलिए पर फिसल जाती हैं—तबाक़ जैसा चेहरा, उसके मुक़ाबले में शरीर थोड़ा ठिगना, काले जट बाल, साँवला रंग। उम्र का अन्दाज़ लगाना मुश्किल है, शायद पैंतीस या छत्तीस ? हरे रंग की सूती किनारेदार साड़ी। बिना आकर्षण के तो बिल्कुल नहीं। उसकी आँखें चिन्तित हैं, उनमें कल के लगे सुरमे की धुँधली-सी लकीर है, किसी याद की तरह। आज फिर वह अपने पति को चिट्ठी लिखवाना चाहती है। मेरे

साथ रहते में उसने अनगिनत ऐसी चिट्ठियाँ लिखवाई हैं। जिनका जवाब कभी नहीं आता। सबमें एक ही सम्बोधन—"रश्मि किरण के पापा"—जैसे उनके बीच बस यही एक पुल रहा हो। किसी-किसी दिन न जाने उसे क्या होने लगता है। आकर मुझसे कहती है—"आज मेरा दिल जल रहा है, कोई मुझे याद कर रहा है।"

कैसे जलता है दिल ? मेरा दिल किसी के लिए नहीं जलता।

वह अनपढ़ है। चिट्ठियाँ तो मुझे ही लिखनी होती हैं। वह बोलती है, मैं लिखती हूँ। पहले ठहर-ठहरकर, अटक-अटककर, जैसे बिखरे हुए घर से सामान बटोर रही हो, कुछ इधर से, कुछ उधर से। फिर एक लय बँध जाती है और वह बोलती चली जाती है। बड़ी, छोटी, मामूली से मामूली बातें, धारा प्रवाह उसके मुँह से निकलती हैं। लम्बे-लम्बे लच्छेदार वाक्य। शब्द ही शब्द। शब्दों की झड़ी। कहाँ से लाती है इतने शब्द, यह अनपढ़ स्त्री ? मेरे दिमाग़ में बस दो-चार ही 'काव्यात्मक' शब्द चक्कर काटते हैं, 'तुषार,' 'वेदना,' 'स्मृति,' 'पंखुड़ी' जैसे शब्द, जो एक ख़ालीपन में बिना किसी वज़न के तैरते हैं और लुप्त हो जाते हैं।

रश्मि किरण को बच्चे स्कूल में सताते हैं, वह कहती है। उसके कम बोलने पर "गूँगी ! गूँगी !" कहकर उसको दौड़ाते हैं। वह दौड़ती है, बड़े-बड़े बेढंगे क़दमों के साथ। वह काली है, जैसा भगवान ने ही तो उसे बनाया है, माँ कहती है। मगर बच्चे उसको देखकर एकस्वर में गाते हैं—

"काली माई
दियासलाई
भागो बच्चो
आफ़त आई !"

वह खिसियाई हुई हँसी हँस देती है, मगर हँसी के नीचे वह और चुप हो जाती है। कभी ऐन छुट्टी के वक़्त अपने को बाथरूम में बन्द कर लेती है। देर तक बन्द रहती है। अगर चौकीदार बिल्डिंग में ताला लगाकर चला गया तो क्या होगा, टीचर राधा से पूछती है। बच्चों को टीचर डाँटती है। मगर बच्चे बड़े दुष्ट होते हैं। यह कहकर टीचर मुस्कुराती है। पढ़ाई में भी रश्मि किरण पीछे रह जाती है। श्रुतिलेख में बोले गए उसी शब्द को बार-बार लिखती चली जाती है। कविता उसके सामने पढ़ी जाती है तो वह हर पंक्ति के आख़िरी दो शब्द दोहरा देती है। हे भगवान इसको क्या हो जाता है।

घर पर तो वह पूरी कविता सुनाती है। और शरीर देखो जैसे ताड़ का पेड़। यह किस घर समाएगी ?

राधा बोलती है, मैं लिखती हूँ। मेरा ख़ामोश क़लम एकाएक वाचाल हो उठता है। कहाँ-कहाँ की बातें उसे याद आती हैं। वह अपने सपने के बारे में बोलती है। सपने में पहाड़। उसकी आँखों के सामने ऊँचा-सा पहाड़। सारी रोशनी रोकता हुआ। वह उसको बार-बार देखती है, उसके पीछे क्या है, वह कोशिश करती है पर जान नहीं पाती। वह आँखें खोलती है तो पहाड़ ग़ायब है पर उसकी उपस्थिति वह अपनी रगों में महसूस करती है और वह उसे बेचैनी से भर देती है। रश्मि किरण को बच्चे स्कूल में चिकोटी काटते हैं, वह कहती है। फिर भी वह कुछ नहीं बोलती। घर आती है तो उसकी माँ बाँहों पर नीले निशान देखती है। क्यों काटते हैं वह उसे चिकोटी, राधा जैसे मुझसे पूछती है। क्या देखने के लिए कि वह सचमुच की है या नहीं ? वह इतना कम बोलती है कि क्या उसके होने पर ही उन्हें शक है ? वह बोलती जाती है और मेरे अन्दर एक अन्धा-सा गुस्सा भरने लगता है। जो एक बवंडर की तरह मेरे मन में गोल-गोल चक्कर काटने लगता है। मैं रश्मि किरण के "नमस्ते !" कहने और उसकी शर्मीली-सी मुस्कान के बारे में सोचती हूँ। वह मुस्कान मुझे दुख देती है।

दूसरे दिन मैं उसके स्कूल जाती हूँ। प्रिंसिपल से मिलती हूँ। रश्मि किरण के अतीत की गठरी मैं उनके सामने खोलती हूँ। मेले में खोनेवाली लड़की, बिना पिता की। क्या स्वाभाविक नहीं कि वह सन्नाटे में रहती है, कि वह और बच्चों की तरह जल्दी-जल्दी काम नहीं कर पाती ? क्या इसका मतलब है कि और बच्चे उस पर अत्याचार करें और स्कूलवाले कुछ न बोलें ? क्या इसीलिए उसका नाम इस स्कूल में लिखवाया गया है ? ढेरों प्रश्न मेरे मुँह से भड़भड़ाते हुए निकलते हैं। प्रिंसिपल अपने मोटे काले चश्मे के पीछे से मुझे स्थिर आँखों से देखती हैं। "इतने गुस्से में मत बोलिए," वह कहती हैं और दरवाज़े पर टँगा "कृपया शान्ति रखें" का बोर्ड मुझे दिखाती हैं। फिर कहती हैं—"आप भरोसा रखिए। मैं रश्मि किरण को बहुत दिनों से देख रही हूँ। वह और बच्चों से फ़र्क नहीं है। बस उसके मन में ताला लगा है। जिस दिन ताला खुलेगा वह बिल्कुल सामान्य हो जाएगी। धीरज रखिए, बच्चों के साथ उसे सम्बन्ध बनाने दीजिए, इसी में उसका भला है। आप बीच में मत बोलिए।"

प्रिंसिपल की बातें सुनकर मैं एकदम सीधी बैठ जाती हूँ। थोड़ी तसल्ली होती है। इस कमज़ोर-सी तसल्ली को लेकर मैं राधा के पास आती हूँ जैसे उसे कोई भेंट दे रही हूँ।

मौसम बदल रहा है। सेमल के फूल फलियों में बदल चुके हैं। फलियों ने फटकर हवा में रुई बिखेरना शुरू कर दिया है। लगता है जैसे बर्फ़ का तूफ़ान आ गया है। एकदम नर्म, सफ़ेद रुई के गाले जो अब तक फलियों के अन्दर अपनी रेशमी चमक लिए बड़े अनुशासन के साथ बन्द थे, हवा की आज़ादी पाकर फूलके कुप्पा हो गए हैं, चारों तरफ़ उड़ने लगे हैं, पागल से नाच में लहराने लगे हैं। चिलबिल की सूखी डालों पर भी धूल के पीछे से हरियाली झाँकने लगी है। मैं पेड़ों में चिड़ियों के पंखों की हरकत महसूस करती हूँ। लाल गालवाली बुलबुल ने बिजली के खम्भे पर बैठकर गाने में अपनी कहानी उगलना शुरू कर दिया है।

अपने झूले पर बैठी मैं पिछले दिन के लिखे को बार-बार पढ़ती हूँ। मेरी आँखें काले अक्षरों पर ठहरती हैं। उनकी सतह भर को छूती हुई परे हट जाती हैं। मेरा ध्यान सामनेवाले कमरे की शीशे की खिड़की पर चला जाता है। उसके पीछे, कमरे के अन्दर एक चिड़िया फँस गई है। पीछे की खिड़की खुली रह गई होगी। अनचक्के में चिड़िया अन्दर उड़ आई होगी। एक छोटी-सी गौरैया है। वह बाहर निकलने की कोशिश में बार-बार खिड़की के शीशे से टकरा जाती है। पारदर्शी शीशा खुली हवा की तरह दिखता है। गौरैया को शायद यही वहम है। वह बार-बार आकर टकराती है। टकरा जाने पर वह और घबरा जाती है। उसके पंख बदहवासी में फड़फड़ाते हैं। मुझे लगता है इस तरह वह अपने को लहूलुहान कर लेगी। मैं अन्दर जाकर खिड़की खोल देती हूँ। गोल-गोल चक्कर काटती हुई चिड़िया एकदम से बाहर उड़ती है। उसके पंखों का हल्का-सा फड़फड़ाता स्पर्श मेरे कान के पास होता है। आकाश के विस्तार में वह खो जाती है। उसकी आज़ाद उड़ान देखकर मुझे अच्छा लगता है।

"तुमने रश्मि किरण का नाम रश्मि किरण क्यों रखा ?" मैं राधा से पूछती हूँ।

"'रश्मि' और 'किरण' का तो एक ही मतलब है, सूरज की रोशनी, फिर दो बार उसी नाम को क्यों रखा?"

वह कुछ देर तक बिना बोले मुझे देखती रहती है। फिर धीमे-धीमे

उसकी आँखों में एक रोशनी आती है, पहली बार मैं उनमें मुस्कुराहट की एक झलक देखती हूँ, ममता और गर्व की एक छाया।

"क्योंकि मेरी रश्मि में कितनी चमक है, आपने देखा नहीं ?"

उसके जवाब से मैं झेंप जाती हूँ। मेरे सवाल का यह जवाब होगा, इसकी मुझे अपेक्षा नहीं है।

शाम को मैं टहलने निकलती हूँ। रश्मि किरण को भी मैं साथ ले जाती हूँ। मैंने सोचा है मैं उससे बात करूँगी। कौन-से बियाबान में रहती है यह लड़की ? प्रिंसिपल की तालेवाली बात मुझे याद आती है। स्कूल की हद के बाहर, सड़क पर ही, एक टूटी-फूटी खचड़ा-सी बस खड़ी है। एक ज़माने से यहाँ खड़ी है। शायद कभी स्कूल के लिए ही इस्तेमाल होती रही होगी। मगर बस पर आधे मिटे नीले अक्षरों में लिखा है 'तथागत टूर्स एंड ट्रैवेल्स।' मैं थोड़ी देर इसके बारे में सोचती हूँ। अगर बस स्कूल की नहीं है तो यहाँ क्यों खड़ी है, पहले कभी मेरा ध्यान इस बात पर नहीं गया।

बस के सामने से मैं अकसर गुज़री हूँ। मैंने देखा है कि बस के अन्दर की सीटें, खिड़कियों के शीशे और सभी अस्थि-पंजर ग़ायब हैं। शायद आसपास की बस्ती के लोग धीमे-धीमे सब चीज़ें खोलकर ले गए हैं, अपने किसी काम में लाने। हमारे शहर में ग़रीबी का यह आलम है कि सड़क पर कोई चीज़ बचने नहीं पाती। बिजली के बल्ब सरकारी खम्भों पर से चोरी हो जाते हैं, पेड़ों के इर्द-गिर्द लगी ईंटें ग़ायब हो जाती हैं, कभी समूचे पेड़ रातोंरात काटकर जलाने के काम में लाए जाते हैं। सड़क के किनारे लगे पीपल के पौधे को भी कोई ले गया है, शायद अपने घर में लगाकर पूजा करने के लिए। सड़क की चीज़, यानी किसी की नहीं, यानी सभी की। ऐसे यहाँ सामूहिक जीवन चलता है, अपनी और पराई चीज़ों के बीच।

तब कोई ताज्जुब नहीं कि बस भी धीमे-धीमे ख़ाली होती गई है। ताज्जुब यह है कि उसमें स्टियरिंग व्हील अभी बचा है, इसके अलावा सिर्फ़ बस का ढाँचा खड़ा है, बिना पहियों का, कहीं न जानेवाला। बस के अन्दर जंगली घास के गुच्छे उग आए हैं, उसकी बिना शीशेवाली खिड़कियों में से बाहर झाँकते हुए। यही घास सड़क के किनारे भी उगी हुई है। रात में सुना है, बस के अन्दर कई तरह के ख़तरनाक गिरोह जमा होते हैं, चोर, जुआरी, गंजेड़ी, शराबी। बस एकदम ख़स्ता हाल है। वह दिन दूर नहीं ज़ब वह बैठ जाएगी, धरती में समा जाएगी, घास और लोगों के अपने संसार को

लिए-दिए। आज ही राधा ने मुझसे कहा है रश्मि किरण बस में चढ़ने के लिए ज़िद करती है। स्कूल जाते समय वह मचल जाती है, आगे नहीं बढ़ना चाहती है। शायद उसने स्कूल के दूसरे बच्चों को उसमें जाते देखा है। मुझे उसके इस तरह ज़िद करने में आशा की किरण दिखती है—उसने किसी चीज़ के लिए तो इच्छा दिखाई है। पर उसकी माँ उसे बस में चढ़ने नहीं देती। उसके मन में वह बुरे कामों के साथ जुड़ी हुई है।

आज शाम बस के सामने से गुज़रते हुए एक पागल-सी इच्छा मेरे मन में जगती है। मैं सिर घुमाकर चारों तरफ़ देखती हूँ, चोरों की तरह। कोई देखेगा तो क्या समझेगा, यह पागल अधेड़ औरत... ? फिर मैं रश्मि किरण की ओर देखती हूँ। वह मेरा इरादा भाँप गई है, उसकी आँखों में चमक है। हम दोनों जैसे अचानक किसी राज़ में साथी हो गए हैं। सड़क पर फिलहाल कोई नहीं है। मैं झट से बस के ज़ंग से घिसे हुए पायेदान पर पैर रखकर उसके अन्दर चढ़ जाती हूँ, रश्मि किरण मेरे पीछे। मेरी नाक में एकदम से जंगली घास और गीली मिट्टी की मिली-जुली गन्ध घुसती है। बस में सीटें ग़ायब हैं, ऊँची-ऊँची घास के बीच खड़ी, मुझको लगता है हम किसी जंगल में पहुँच गए हैं। यह अहसास सुखद है। बस की ज़मीन पर कहीं-कहीं टूटे काँच के टुकड़े पड़े हैं। रद्दी काग़ज़ के पन्ने घास में फँसे हैं। ढलते सूरज की लाली बस की टूटी खिड़कियों के अन्दर आकर काँच के टुकड़ों को भी लाल रँग रही है।

मन में बढ़ते आवेग के साथ मैं बस के अन्दर आगे बढ़ती हूँ। पीछे के दरवाज़े से आगे की तरफ़। हम ड्राइवर की केबिन में पहुँच जाते हैं। मैं स्टियरिंग व्हील पर हाथ रखती हूँ। ताज्जुब है कि वह अपनी जगह पर मज़बूती से गड़ा है। मैं उसे दोनों हाथों से घुमाती हूँ तो वह घूम जाता है। मैं अपने को उसे तेज़ी से घुमाते हुए पाती हूँ। कभी दाएँ, कभी बाएँ। रश्मि किरण के मुँह से एक किलकारी निकलती है जो मुझे आश्चर्यजनक लगती है। फिर मेरा आश्चर्य और भी बढ़ता है। मैं महसूस करती हूँ कि बस धीमे-धीमे ऊपर उठने लगी है, ऊपर ही उठती जा रही है। मेरा दिल बल्लियों उछलने लगता है। हम नीचे देखते हैं—एक ख़ामोश बच्ची और एक ख़ामोश औरत। हम नीचे सड़क को देखते हैं, स्कूल को, अपने घर को, उस पूरी बस्ती को जहाँ इतने लोग रहते हैं। मुझे लगता है यह नज़ारा इतनी सफ़ाई से मैं पहली बार देख रही हूँ।

कहीं नहीं से कहीं नहीं जाता हुआ पुल

"पैसिफ्लोरा 30," डॉक्टर बैनर्जी सिर झुकाए-झुकाए ही बुदबुदाए। "दिन में तीन बार लेना होगा, सुबह-दोपहर-शाम। आधे घंटे आगे और आधे घंटे पीछे कुछ खाना नहीं, मुँह साफ़ रहना चाहिए।"

फिर उन्होंने हाथ बढ़ाकर छोटी-छोटी सफ़ेद गोलियों से भरी एक बड़ी-सी बोतल उठाई और उसमें एक-दूसरी छोटी शीशी, जिस पर लिखा था 'पैसिफ्लोरा मदर टिंक्चर,' से पानी की तरह पारदर्शी दवा की अट्ठारह-बीस बूँदें डालकर कसके हिलाया जैसे वह किसी बच्चे का झुनझुना हो। फिर छह-छह गोलियों की पुड़ियाँ बड़ी फुर्ती और होशियारी से बाँधकर लिफ़ाफ़े पर कुछ लिखते हुए पूरा पैकिट उन्होंने मुझे पकड़ा दिया। मैं नमस्ते करके चलने के लिए उठ खड़ी हुई।

डॉक्टर बैनर्जी की उम्र ज़्यादा नहीं थी; चालीस-पैंतालीस के क़रीब होंगे। गोल-मटोल शरीर, आँखों के ऊपर गझिन भँवें और दोनों कानों में उगते बालों के फ़व्वारे, माथे पर भी तेल से चुपड़े बालों की लट, कव्वे के काले पंख की तरह। जब मैंने उन्हें अपनी तकलीफ़ बताई थी तो उन्होंने परेशान होकर पूछा था—"भूख ?" जैसे कि नींद न आने का एक ही कारण, यानी ख़ाली पेट, हो सकता है।

"कोई ख़ास तो नहीं।" मैंने जवाब दिया था।

"प्यास ?"

"ठीक है।" मैं बोली थी।

इसके बाद उन्होंने मेरी नब्ज़ पर हाथ रखा और सिर झुकाकर बड़ी देर तक, आँखें बन्द करके सोच में डूब गए। बहुत देर हो गई। शायद पूरे चार

या पाँच मिनट बीत गए होंगे। उनके सिर के पीछे लगी दीवार घड़ी टिक-टिक करके आगे बढ़ती जा रही थी। समय तेज़ी से आगे भागा जा रहा था। हर सेकंड हमारे देश की आबादी बढ़ रही है। इस अन्तराल में कितने बच्चों ने जन्म ले लिया होगा, कितने मरे होंगे बीमारी, भुखमरी या दुर्घटना से। मगर लगता था डॉक्टर बैनर्जी को इसकी कोई परवाह नहीं। वह मेरी नब्ज़ पर ही झुके रहे। क्या वह सो गए थे ? मुझे यह बहुत अजीब लगा। इधर मैं उनके पास आई थी शिकायत लेकर कि नींद नहीं आती और वह थे कि मेरी नब्ज़ देखते-देखते ही नींद में गुड़प हो गए थे ? क्या अब खर्राटे लेने लगेंगे ? मेरे अन्दर खीझ और बेबसी की एक लहर उठी। कैसी विचित्र स्थिति थी। वैसे सच पूछा जाए तो निजी तौर पर मुझे होम्योपैथी में विश्वास नहीं। यह छोटी-छोटी मीठी गोलियाँ खाकर कोई बीमारी कैसे ठीक हो सकती है ? कोई मज़ाक है क्या ? दवा को तो कड़वी, बदमज़ा होना चाहिए जो रोग को हथौड़ा मार सके ? होम्योपैथी में विश्वास करना भगवान में विश्वास करने की तरह है। एक सहज विश्वास जिसमें दिमाग़ का कोई दख़ल नहीं।

और भगवान में विश्वास करना आसान काम नहीं। दुनिया दिन-पर-दिन अपने ही नाश की तरफ़ बढ़ रही है। लोग एक-दूसरे को लालच के लिए, स्वार्थ के लिए, या सिर्फ़ मज़े के लिए ही, मारे-काटे जा रहे हैं। ज़िन्दगी और मौत का कोई ठिकाना नहीं रहा। कोई आदमी या औरत की मौत किसी भी वक़्त किसी छोटे-से कारण से हो सकती है। और कोई परवाह भी नहीं करता। कोई दूसरा मौत के मुँह से साफ़ निकलकर अपने पोते-पोतियों, नाती-नातियों को कहानी सुनाने के लिए बरसों बाद तक ज़िन्दा-सलामत रह सकता है। यह क्या भगवान का इन्तज़ाम है, जिसका आगा न पीछा समझ में आए ? ऐसे भगवान में विश्वास करना आसान नहीं। ख़ैर।

मैं डॉक्टर बैनर्जी पर विश्वास करती थी क्योंकि मेरे पिता ने मुझे यही सीख दी थी। वसीयत में पाई सीख को मैंने उसी तरह कुबूल कर लिया था जिस तरह से मैंने सृष्टि के क़ानूनों को ग्रहण किया था, कि दिन उगता है, फिर रात ढलती है। वैसे एक बार डॉक्टर बैनर्जी ने मेरी भी एक अजीब-ओ-ग़रीब बीमारी ठीक कर दी थी। मुझे याद है वह अगस्त का महीना था; अगस्त की चौबीस तारीख, अगर ठीक-ठीक हिसाब रखा जाए तो। मैं रेल का लम्बा सफ़र करके लौटी थी। शायद रेल पर ही मेरी तकलीफ़

शुरू हो गई थी। आँखों से लगातार आँसू बह रहे थे, ज़ारो क़तार। रूमाल पाँच-पाँच मिनट पर तर हो जाते; मैं आँसुओं की एक लड़ी पोंछती नहीं कि दूसरी क़तार में तैयार रहती, जैसे कि वे रेलगाड़ी के डिब्बे हों, जिनका एक के बाद एक आना लाज़मी हो।

मैं यह बात साफ़ कर देना चाहती हूँ, कि मैं रो नहीं रही थी। गोकि मेरे पास, यह मैं एलानिया कह सकती हूँ, रोने की वजह कम नहीं थीं, जैसा कि हर इंसान को अपने बारे में लगता है। तो आँसुओं की झड़ी लगी हुई थी। मुझे सारी दुनिया पानी के पर्दे के पीछे से धुँधली-धुँधली नज़र आ रही थी। और ऊपर से अगस्त का महीना वैसे भी बरसात का होता है, सावन का, जब आसमान सारी हया ताक़ पर रखकर कलेजा फाड़कर रोता है। गरज़ कि मुझे दुनिया कुछ दिनों से पानी के दो पर्दों के पीछे से दिख रही थी। ज़ाहिर है इन हालात में इंसान की अक़्ल पर भी ताला पड़ जाए तो कोई ताज्जुब की बात नहीं, क़ाबिले यक़ीन है।

तभी मुझे डॉक्टर बैनर्जी और पिताजी का उनमें अन्धविश्वास याद आया। सो उनके क्लिनिक की तरफ़ बढ़ी। मेरे घर से ज़्यादा दूर नहीं था। मुख्य सड़क से हटकर पगडंडी से होकर जाना पड़ता था। रास्ते-भर आवारा कुत्तों और सुअरों की गन्दगी से बचते-बचाते चलना पड़ता था। पिछड़े हुए प्रदेश के इस छोटे-से शहर की ग़रीब सड़क पर और क्या मिलेगा। नाले में दिन-रात सुअर लोटा करते थे। कुत्ते रात-भर लड़ते-भौंकते रहते थे। डॉक्टर बैनर्जी ने बड़ी गम्भीरता से मेरा सारा हाल सुना; कल रात के सपने के बारे में, मेरे बाएँ हाथ की छोटी उँगली में ऐंठन, दाहिने तलुए में खुजली और सिर में रूसी के बारे में सुनकर सोच में पड़ गए। आख़िर बोलै—“यह लैक्रोडक्टोसिस है। ठीक होने के लिए लम्बा इलाज करना पड़ेगा। कम-से-कम दो-तीन महीने।”

मेरा दिल बैठ गया। जाने क्या हो गया है मुझे। इस बीमारी का नाम सुनकर तो मेरे रोंगटे खड़े हो गए। वैसे भी मेरा ध्यान अकसर तरह-तरह के रोगों की तरफ़ जाता रहता है। अंग्रेज़ी में शायद इस प्रवृत्ति को ‘हाइपोकांड्रिया’ कहते हैं। मगर दवा खाने के चार-पाँच दिन बाद ही मुझे फ़र्क नज़र आने लगा और दस-बारह दिनों में मेरी आँखों का सावन सूख गया। कौन जाने इत्तेफ़ाक रहा हो। जो भी हो दोबारा मुझे डॉक्टर बैनर्जी इसी की बदौलत याद आए। भई कुछ तो बात होगी न उनमें। शायद उनकी

बीमारियों की पकड़ अच्छी हो। और अब यह नींद न आनेवाला रोग। या ऊपरवाले ! क्या आँखों से ताल्लुक़ रखती हुई सारी बीमारियाँ मुझे ही होनी थीं ?

मगर इसे बीमारी कहना भी जायज़ नहीं। डॉक्टर बैनर्जी ने कहा यह एक 'कंडीशन' है,एक 'पैथोलॉजिकल कंडीशन।'

"आप सोचती ज़्यादा हैं। दिमाग़ को कुछ देर ख़ाली छोड़ दीजिए। उसे भी थोड़ा चैन, थोड़ी मस्ती चाहिए। उसे कंट्रोल करना छोड़ दीजिए।" तो लो भाई। इधर डॉक्टर बैनर्जी थे कि मुझ पर ज़्यादा सोचने का इलज़ाम लगा रहे थे और उधर मैं कि दिमाग़ के ख़ालीपन से आजिज़ आकर हर वक़्त ताक में रहती थी कि कोई ख़्याल आए तो उछलकर उस पर झपटूँ। जैसे शेरनी शिकार की ताक में रहती है। मगर दिमाग़ में सन्नाटा साँय-साँय कर रहा है। लगता है मेरे दो कानों के बीच गहरी खाई है जिसमें नींद कहीं नीचे, बहुत नीचे जाकर अटक गई है। उसका ऊपर आना नामुमकिन है। कानों के बीच ख़ाली जगह होने की वजह से मैं कानों के होने को शिद्दत से महसूस करने लगी थी। और जब से डॉक्टर बैनर्जी ने दिमाग़ को ख़ाली छोड़ देनेवाली बात कही थी, मैं दिमाग़ को अपने से अलग महसूस करने लगी थी। कभी लगता था जैसे मेरे हाथ में बहुत लम्बी-सी डोर है और मैं दिमाग़ को उस पर उड़ा रही हूँ, पतंग की तरह और पतंग ऐसी कि किसी तरह क़ाबू में न आए; हवा के हर झोंके के साथ हिचकोले खा रही है।

ठीक से याद भी नहीं आता कि नींद न आने की यह मुसीबत कब से मेरे ऊपर पड़ी है। एक ज़माना था कि अपने बेटे को सुलाते-सुलाते मैं खुद सो जाती थी और वह पाजी मेरे चंगुल से निकलकर पहुँच जाता था सारे में तूफ़ान बरपा करने। वह जितना भी शोर मचाए, उठा-पटक करे, मैं टस-से-मस नहीं होती थी। फिर आधी रात आँख खुलती तो देखती थी कभी वह पलंग के नीचे पसरा पड़ा है, कभी सोफ़े पर या क़ालीन पर लुढ़का है। उसे उठाकर बिस्तर पर लिटाती थी और फिर सो जाती थी। क्या ग़ज़ब की नींद पाई थी उन दिनों मैंने।

मैंने पहले कहा है कि मैं अपने कानों के होने को बहुत ज़्यादा महसूस करने लगी थी। यह बात बिल्कुल सच है। रात को हर छोटी-से-छोटी आवाज़ मेरे ज़हन पर हथौड़े की चोट की तरह प्रहार करती थी। दरवाज़ा खुलने या बन्द होने की चूँ-चाँ, जूतों की चरर-मरर, घड़ी की टिकटिक,

अपनी कनपटियों के अन्दर खून के दौड़ने की धक-धक, जो मुझे दूर से आते घोड़ों की चाप की तरह सुनाई देने लगी थी।

फिर एक दिन मैं आईने के सामने खड़ी थी तो मैंने एक बहुत अजीब बात पर ग़ौर किया। तब मुझे अजीब नहीं लगी थी मगर बाद में मैं देर तक उसके बारे में सोचती रही। अपने बाएँ कान पर मुझे एक तिल दिखा था। पहले यह तिल वहाँ नहीं था। मैंने फिर से जाकर आईने में अपने बाएँ कान का मुआयना किया। तिल तो वाक़ई था। क्या यह महज़ इत्तेफ़ाक हो सकता है कि कान पर ही नया तिल उगा था उन दिनों जब मेरी सुनने की क़ूवत उरूज पर थी ? सोचा जाए तो आख़िर तिल तो कहीं भी पैदा हो सकता था, नाक पर या गाल पर या हथेली पर भी। हथेली पर उगता तो शायद मुझे ढेर सारे रुपए एकदम से कहीं से मिलते, वसीयत में या कहीं और से। सुना है हथेली पर तिल होने का मतलब है कि छप्पर फाड़कर दौलत मिलेगी। मगर तिल मेरे कान पर उगा था। ज़रूर इसमें कोई गहरा मतलब था; नींद न आने का राज़ भी शायद इसी में छुपा हो। कौन जाने। महीन धागे जो मेरे कानों से निकलकर किसी बड़े रहस्य से जुड़े हों।

ख़ैर, जो भी हो, मेरी सुनने की शक्ति एकदम से बढ़ गई थी। रात में सोने के लिए लेटती तो पुराने कमरे की खपरे की छत पर चूहों के दौड़ने की नन्ही आवाज़ें और अँधेरे में छिपकली की पलकें झपकाने की हल्की-सी पट-पट मुझे परेशान कर डालती। फिर घड़ी की टिक-टिक जो मुझे पलंग के नीचे फ़िट किए गए टाइम बम की धमकी लिए हुए सुनाई देती। आवाज़ें जो नहीं थीं भी मुझे सुनाई देने लगी थीं। मसलन वही छिपकिली की पलकें। भला किसी ने छिपकिली की पलकें देखी हैं ? दरवाज़े का खटका अगर ग़लती से तिरछे कोण पर छोड़ दिया गया हो तो उसके वापस अपनी जगह पर आने में खट से जो आवाज़ होगी मुझे आपे से बाहर कर डालती।

और बग़ल के पलंग पर पति हैं कि खर्राटों से फुर्सत नहीं। क्या गगनभेदी खर्राटें हैं। जंगल में शेर के दहाड़ने की तरह। हर खर्राटे पर लगता है वह धमाके के साथ उड़कर छत पर पहुँच जाएँगे और मुझे भी साथ लेते जाएँगे। मज़े की बात तो यह है कि सुबह उठते हैं तो उनका ज़हन मासूम बच्चे की तरह साफ़ है, उस पर किसी भी खर्राटे की याद दर्ज ही नहीं है। छोटे-से खर्राटे की भी नहीं। बल्कि वह मुझसे कहते हैं कि मैं खर्राटे ले रही थी। मैं ! जिसे एक बूँद नींद नसीब नहीं। इससे मैं सोच में पड़ जाती हूँ।

क्या मैं जागने का ख़्वाब तो नहीं देख रही थी ? क्या मैं सोई हुई थी और ख़्वाब देख रही थी कि जाग रही हूँ। यह ख़्याल मुझे 'कनफ़्यूज़' कर देता है। कौन-सी स्थिति असली है, कौन नक़ली ? सो रही थी कि जाग रही थी ? पति और मैं इसको लेकर बहस में पड़ जाते हैं; कौन खर्राटे ले रहा था, इसका कोई नतीजा नहीं निकलता।

हम एक-दूसरे से मुँह फुला लेते हैं। थोबड़ा लटका लेते हैं। मुझे लगता है मेरा सिर गर्म हुआ जा रहा है। यह आदमी मुझे इतना गुस्सा क्यों दिलाता है ? मैं पैर पटकती हुई, दरवाज़ा ज़ोर से बन्द करके बाथरूम की तरफ़ जाती हूँ, सिर पर ठंडे पानी के छींटे डालने। आईने के सामने खड़ी हो जाती हूँ। मेरा मुँह सच में फूला हुआ लग रहा है। ख़ासकर जबड़ों के पास। अपने को देखकर मुझे 'बुलडॉग' कुत्ता याद आ रहा है। ख़ाली जबड़े ही नहीं, मैं पूरी-की-पूरी फूल के कुप्पा हो गई हूँ, अपनी तोंद को देखकर मुझे हैरत हो जाती है। उसका तो जैसे अस्तित्व ही अलग है, मुझसे कोई मतलब नहीं। मैं आईने में अपनी शक्ल को तेवरी चढ़ाकर घूरती चली जाती हूँ। थोड़ी देर में मुझे लगता है यह किसी और की छवि है, एक अजनबी की, जिसे मैं बिल्कुल नहीं जानती। मैं अपने को अपने अन्दर महसूस करती हूँ, दुबली-पतली, जवान, सुन्दर और मेरे दिल में एक अच्छी-सी गर्मी फैल जाती है। मेरा मूड एकदम से बदल जाता है और मैं गुनगुनाती हुई बाथरूम से निकलती हूँ। मेरे पति, जो कुसूरवार चेहरा लिए दफ़्तर के लिए रवाना हो रहे हैं, मेरी तरफ़ ताज्जुब से देखते हैं, मगर बोलते कुछ नहीं।

मेरे पति इनश्योरेंस एजेंट हैं। रोज़ सुबह नौ बजे ब्रीफ़केस लेकर वह हड़बड़ी में निकलते हैं, अकसर नाश्ता करने का समय नहीं रहता। मैं भी नहीं पूछती। हमारे बीच समझौता है कि हम अपने-अपने नाश्ते का इन्तज़ाम खुद करेंगे। बस खाना मैं बनाती हूँ। दिन-भर वह 'लाइफ़ इनश्योरेंस कॉरपोरेशन' के अपने छोटे-से दफ़्तर में बैठे रहते हैं जिसकी खिड़की पर पड़े बादामी रंग के परदे को धूप हल्का नहीं कर पाई है और जिसे हटाओ तो बाहर सूखा पेड़ दिखता है। 'लाइफ़ इनश्योरेंस कॉरपोरेशन' में मेरे पति ने अपनी 'लाइफ' गँवा दी है। बेहूदा मज़ाक के लिए माफ़ी चाहती हूँ। अच्छे मूड में आने के कुछ ख़तरे भी हैं।

मगर अच्छे मूड में आने का यह मतलब नहीं कि रात में नींद भी आने लगेगी। फिर वही अँधेरे में छिपकिली और पलंग के नीचे टाइम बम।

कम-से-कम शेर की गर्जन नहीं है, मैंने सोचा है दूसरे कमरे में सोकर आज़माऊँ। सिर की दिशा भी बदल ली है। शायद वास्तुशास्त्र में कुछ धरा ही हो। मेरी सहेली का उसमें अन्धविश्वास-सा है, जैसा पिता का डॉक्टर बैनर्जी में था। वास्तुशास्त्र को माननेवालों की गिनती बढ़ती जा रही है, कुछ तो होगा ही। यही सोचकर मैंने सोने की दिशा बदली है। सिर दक्षिण को रखती हूँ।

मानी हुई बात है, और किताबों में भी लिखा है कि नींद नहीं आए तो पुल पर से जाती हुई भेड़ों को गिनना चाहिए। एक पुल मेरे तसव्वुर में उभरता है, कहीं नहीं से कहीं नहीं जाता हुआ। अधर में लटका। और उस पर भेड़ें। आँखें बन्द किए मैं उन्हें गिनती हूँ। भेड़ें आती जा रही हैं, न उनका आदि है न अन्त। गोल-गोल, फूली-फूली, उनके धूल से पीले बाल, गँदले पानी के रंग के, पीठ पर ऐंठे हुए हैं। उनके खुरों की खट-खट मेरे कानों में गूँजती है। पुल पार भी कर चुको, मैं भेड़ों से मन-ही-मन कहती हूँ। मगर क्या मजाल है। न भेड़ें ख़त्म होती हैं, न नींद आती है। क्या मैं ग़लत दिशा में तो नहीं लेट गई? कहीं वास्तु का उलटा असर तो नहीं हो रहा ? मेरे जाननेवालों में से कितने लोग वास्तुशास्त्र में विश्वास रखते हैं? मैं उन्हें गिनने लगती हूँ, भेड़ों को फ़िलहाल भूल जाती हूँ।

न जाने क्या बजा होगा। मेरा दिमाग़ सजग है। मुझे नहीं सोते हुए देख रहा है। जिस्म में कई जागती हुई रातों की थकान भरी है। मगर जैसे ही अपने से कहती हूँ कि अब सो जाओ, दिमाग़ सन्तरी की तरह वहाँ मौजूद है देखने के लिए कि सोने न पाऊँ। उसके सख़्त पहरे के आगे कोई तरकीब नहीं चलती। गला सूख रहा है। मैं उठती हूँ और किचन में जाकर पानी की बोतल फ्रिज से निकालती हूँ। तभी ग़ौर करती हूँ कि किचन के फ़र्श पर खिड़की के लोहे के ग्रिल का अक्स पूरा-का-पूरा बना हुआ है। चाँदनी रात है। खिड़की के बाहर पूनम का चाँद निखार पर है। उसके आसपास अँधेरा। जैसे किसी ने काले शामियाने में छुरी से गोल चाक कर दिया हो। क्या चाँदनी है। मेरे घर के सामने से जाती हुई मामूली-सी सड़क पर जादू हो गया है। उसके किनारे लगी पुरानी गुमटियों की छतें, पेड़ों के तने और जंगली घास जादू से रुपहले हो गए है। चाँद की रोशनी में कितनी ऊर्जा है। लोगों को पागल कर देने की शक्ति। समुद्र की ऊँची लहरों का भी सीधा चाँद से ताल्लुक है। पूर्णिमा की रातों में समुद्र पागल होकर उफनने लगता है।

इसी पर याद आया। पिछले अक्तूबर पति और मैं पांडिचेरी में औरोबिन्दो आश्रम में ठहरे थे, जो समुद्र के तट पर ही बना हुआ है। समुद्र मुश्किल से दो गज़ की दूरी पर होगा। दिन-भर, रात-भर लहरें आती हैं और जाती हैं, किनारे पर फेन की सफ़ेद मूँछें बनाती हुई। शरद पूर्णिमा की रात थी शायद। देर रात तक हम दोनों अपने कमरे की बाल्कोनी में बैठकर समुद्र पर चाँदनी के खेल को देखते रहे। समुद्र पर और उसके किनारे काले पत्थरों की चट्टानों पर। रात के ग्यारह साढ़े ग्यारह बजे होंगे जब हम सोने चले। पति की नींद के बारे में तो पहले ही बता चुकी हूँ। तकिए पर सिर पहुँचा नहीं कि गए काम से। कितनी मासूमियत है इस नींद में। जैसे तकिए और उनके सिर के बीच कोई बहुत पुराना, गहरा, ममतापूर्ण रिश्ता हो। और इधर मैं मनहूस, हमेशा जागती रहने के लिए अभिशप्त।

ख़ैर, आँखें बन्द करके लेट गई। आँखें बन्द किया तो लगा जैसे समुद्र भी उनके अन्दर बन्द हो गया है। और वह एकदम से उफनने लगा। ऊँची-ऊँची लहरें, मेरे सिर से बहुत ऊँची, चाँद के बहकावे में आकर इंकलाब करने लगीं। ऊँची, और ऊँची। मुझे लगा वह आश्रम को ही निगल जाएँगी, पूरा-का-पूरा। मैं हड़बड़ाकर उठी और बाल्कोनी में जाकर खड़ी हो गई। सन्नाटी रात में लहरों का चट्टानों पर टूटने का शोर, कैसा आक्रामक। चाँदनी लहरों पर बिजली के करंट की तरह दौड़ रही थी। लगा पानी बाल्कोनी तक अब आया तब आया। अभी चेतावनी देती हुई घंटी बजने लगेगी। कमरे फ़ौरन ख़ाली करो...समुद्र अन्दर घुस रहा है...। मगर हुआ कुछ भी नहीं। सिर्फ़ मैं ही जागती रही। क्या मैं तभी से जाग रही हूँ ?

दिन में तीन बार बिला नाग़े मैं पैसिफ्लोरा की छह-छह गोलियाँ ज़बान पर रखने लगी हूँ। याद करके दवा के आगे-पीछे कुछ खाती नहीं हूँ। यह उतना आसान नहीं है जितना कि मालूम देता है। खाना बनाते-बनाते ही मुँह में कुछ-न-कुछ रखने की आदत पुरानी हो चुकी है। कभी ऐसा भी होता है कि भूल जाती हूँ दवा खाई है या नहीं। दिमाग़ को हमेशा सचेत रखना पड़ता है। इसको लेकर मुझे ख़ासा तनाव है। और नींद का अभी तक अता-पता नहीं।

ऊपर से आजकल मुझमें एक नया शक पैदा हो गया है। ऐसी अजीब-सी बात है कि मैं किसी को कैसे बताऊँ। मुझे लगने लगा है कि मेरे अन्दर सिर्फ़ मैं नहीं, कई इंसान हैं। एक रात बिस्तर पर आँखें बन्द

किए पड़ी हुई मैं अपने को गाना गाते सुनती हूँ। मेरी ही आवाज़ है। एक तेज़ लय की धुन गाती हुई, जैसे कोई फ़ौजी जवान तेज़-तेज़ क़दम बढ़ाता, मार्च करता हुआ चला आ रहा हो। मगर मुझे तो यह गाना आता भी नहीं; यह कहाँ से निकल रहा है ? फिर एक और रात मैं लम्बे-लम्बे ऊटपटाँग वाक्य बोलते हुए अपने को पाती हूँ। जिनका कोई सिर-पैर नहीं। यह क्या हो रहा है मुझे ? क्या मैं नींद में यह सब कर रही हूँ ? पर मुझे तो महीनों से नींद नहीं आई है ? क्या मुझे डॉक्टर बैनर्जी को इसके बारे में बताना चाहिए ? शायद वह मेरे 'पैथोलॉजिकल कंडीशन' की जड़ इसमें से ढूँढ़ निकालेंगे। तभी मेरी नज़र 'पैसिफ्लोरा 30' के लिफ़ाफ़े पर पड़ती है। मैं उसे नफ़रत से देखती हूँ। मुझे लगने लगता है कि इसी की वजह से मेरा यह हाल हुआ जा रहा है। मैं लिफ़ाफ़े को उठाकर कूड़े में डाल देती हूँ।

दूसरे कमरे में आती हूँ तो पति टी.वी. के आगे विराजमान हैं। उन्हें टी.वी. देखने की लत है। देर रात तक वह उसके सामने बैठे रहते हैं। उन्हें वहाँ बैठा हुआ पाती हूँ तो फ़ौरन झगड़ा करने लगती हूँ, कि इसी टी.वी. के शोर की वजह से मुझे नींद नहीं आती। वह कहते हैं बस न्यूज़ देखकर बन्द कर दूँगा। दिन में न जाने कितनी बार न्यूज़ देखते हैं, इतवार को, और दूसरे दिनों शाम को हर घंटे। जैसे कि हर घंटे पर दुनिया की कायापलट हो गई होगी। मगर दुनिया और उसकी झंझटें वैसे के वैसी ही हैं।

टी.वी. पर प्रधानमन्त्री भाषण दे रहे हैं। उनकी आवाज़ बिना उतार-चढ़ाव के आगे बढ़ती जा रही है। एक जुमले से दूसरे के बीच वह आँखें बन्द कर लेते हैं। जैसे कि दूसरा वाक्य कहीं बहुत अन्दर ढूँढ़ने पर ही मिलेगा। आँखें बन्द करके वह एकदम चुप हो जाते हैं। चुप रहने का अन्तराल काफ़ी लम्बा होता है। उनकी बन्द आँखें देखते-देखते मेरी भी आँखें बन्द होने लगती हैं। मैं उनके वक्तव्य का आख़री हिस्सा नहीं सुन पाती हूँ। पति मेरा कन्धा झिंझोड़ते हैं तो मैं चौंककर सीधी बैठ जाती हूँ।

"चलो बिस्तर पर सो जाओ।" वह कहते हैं। "क्या ज़ोरदार खर्राटे ले रही थीं तुम।"

मैं उन्हें घूरके देखती हूँ। बिस्तर पर जाकर लेट जाती हूँ। आँखें बन्द करती हूँ तो कहीं नहीं से कहीं नहीं जाता हुआ पुल नमूदार होता है। उस पर से जाती हुई भेड़ों को मैं गिनने लगती हूँ।

संस्मरण

पार करते हुए

मैं नहीं कह सकती कि इलाहाबाद शहर के साथ मेरा रिश्ता सतही के अलावा और भी कुछ था। वह शहर, जहाँ मैंने अपने जीवन के शुरुआती साल गुज़ारे थे। इलाहाबाद शहर मेरे जीवन के अन्दरूनी हिस्से का छिलका भर था, ड्रमंड रोड पर स्थित हमारा घर अगर अन्दर का सार कहला सकता है तो। शहर हमारे अपने इस स्पेस का फैलाव था, यह स्पेस जहाँ हम बिना किसी हड़बड़ी या बदलाव के, अपनी ज़िन्दगी बिता रहे थे। अतीत को एक दूसरा देश कहा गया है मगर अतीत का वह इलाहाबाद जो मुझे याद है, आज भी उतना ही पहचाना हुआ है। गर्मी के वह सूखे और अन्तहीन दिन जो बरसात की उमस में तबदील हो जाते, हमारी त्वचा पर गर्म साँसों का-सा स्पर्श छोड़ते हुए। फिर जाड़ों के वह छोटे और सुखद दिन जो जल्दी ही बसन्त की वेदना में ढलंग जाते; उस रिक्तता में जो मेरे लिए इलाहाबाद में पतझड़ के साथ जुड़ी हुई है। ऋतुएँ तो अब भी वही हैं, और इनके अलावा भी कुछ ख़ास नहीं है जो शहर में बदला है। कुछ पुरानी परम्पराएँ ख़त्म हो गई हैं और नई ने उनकी जगह ले ली है, मगर इलाहाबाद का नक्शा लगभग वही है। इक्का-दुक्का नई दुकानें और मकान, सड़कों पर कुछ ज़्यादा गाड़ियाँ और बढ़ती आबादी को छोड़, कुछ ऐसा नहीं है जो फ़र्क है, जैसे कि यह पूरा-का-पूरा शहर समय के किसी जाल में फँसा पड़ा हो।

ड्रमंड रोड अब भी शहर की एक भूली हुई अँधेरी सड़क है, जबकि वह हेस्टिंग्स रोड के बग़ल में ही है, जिस पर सर्किट हाउस है। साठ के दशक में ड्रमंड रोड सड़क क्या, एक पगडंडी ही कहला सकता था। पूरे रोड पर शायद पाँच बँगले रहे हों; हमारा एक छोड़कर आख़िरी था। रात को सड़क

पर एक अकेला पीला बल्ब टिमटिमाता था, आसपास के अँधेरे को बेधने की बहादुर कोशिश में मुबतिला। तब तक जबकि बल्ब फ़्यूज़ या चोरी न हो जाए। सुनसान सड़क की दोनों तरफ़ बरसात में ऊँची-ऊँची घास उग आती थी जिसमें तरह-तरह के जीव-जन्तु घर कर लेते थे।

हमारे घर के दाहिने तरफ़, आख़िरी घर के सामने एक गहरा-सा नाला था जिसके ऊबड़-खाबड़ किनारे शहर-भर के कूड़े-कचरे से पटे हुए थे। इस जगह पर आकर शहर का अन्त होता था। यह कूड़ा नगर निगम के बड़े-बड़े बदनुमा ट्रकों में भरकर वहाँ लाया जाता था, नाला पाटकर शहर के लिए और ज़मीन निकालने के इरादे से। कई बरसों बाद ऐसा हुआ भी, और आज उस पटाव की ज़मीन पर इलाहाबाद का टी.वी. टावर खड़ा है। मगर उन दिनों, इस हद के आगे एक सूखा फैलाव था जो गंगा नदी के कछार पर जाकर ख़त्म होता था। सुअरों के पूरे-पूरे झुंड इस फैलाव पर रहते थे। कभी-कभी वह एक भयानक चीख़-पुकार मचाते थे। हमें बाद में पता चला कि सुअर के बालों में तिजारत करनेवाले उनके बाल काटते थे, ब्रुश वग़ैरह बनाने के लिए। यह सुअर मारकर खाए भी जाते थे। हम दहल जाते थे यह सुनकर, हम जो किसी भी तरह की मार-काट से दूर रहे थे।

रात को जब हम छत पर बैठकर कछार की तरफ़ देखते थे तो अँधेरा-ही-अँधेरा दिखता था। उस अँधेरे के अन्दर कुछ भी हो सकता था, दुनिया का आख़िरी किनारा, या समुद्र या कुछ और भी, जिस भी चीज़ की हम कल्पना करना चाहते। मुझे हमेशा लगता था वहाँ समुद्र है। समुद्र का ख़तरों से भरा पानी जिसकी सतह के नीचे तेज़ धारवाले नुकीले पत्थर थे और ऊपर सुनसान चट्टानों पर बैठी चीलें दूर-दराज़ मंज़िलों के लिए निकलते जहाज़ों को देखा करतीं। मेरी दुनिया में दिन के और रात के निवासी एक-दूसरे से एकदम फ़र्क थे। रात को लम्बे बालोंवाली चुड़ैलें मुँह से राल टपकाती हुई रात जैसे नीले नीम के पेड़ों पर पैर लटकाए बैठी रहती थीं। वहाँ सियार थे, और बिज्जू और कभी कोई भूला-भटका जिन, जो ज़्यादातर मिलनसार भूत ही होता था। रात एकदम से घिर आती थी और पेड़ों के पत्ते बड़े दिखने लगते थे।

दिन में यह दुनिया साफ़-सुथरे बँगले में फिर से सिमट आती थी, अपने बाग़-बगीचे और पहचाने हुए लोगों समेत। मेरे पिता अकसर अपनी छोटी-सी हथौड़ी से चीड़ के फ्रेम ठोका करते जिन्हें वह अपनी तसवीरों के

लिए खुद बनाते थे। कभी-कभी उनके ऊपर तसवीर बनाने की धुन सवार हो जाती और दिन-भर वह उनमें मशगूल रहते। उनके स्टूडियो में ब्रुश, पैलेट और तसवीर बनाने की छुरियाँ छितरी रहतीं। लिंसीड और तारपीन के तेल की बोतलें भी रहतीं। मेरी माँ गाने में आधा दिन बिता देतीं। उन्हें हिन्दुस्तानी शास्त्रीय संगीत से प्यार था और बचपन में, क़रीब-क़रीब इत्तेफाक़ से उन्होंने अपनी आवाज़ 'पाई' थी जब सहेलियों के साथ खेल-खेल में मिट्टी के घड़े के अन्दर मुँह डालकर गाने की सभी की बारी लगी थी।

हम बच्चे ज़्यादातर अकेले छोड़ दिए जाते थे; हम जो करना चाहें कर सकते थे। इसका मतलब हो सकता था पतंग उड़ाना, आम के पेड़ के नीचे हौज़ में नहाना या बीरबहूटियाँ इकट्ठा करना। बीरबहूटियाँ, यानी वह छोटे-छोटे सुर्ख़ मख़मली कीड़े जो बरसात में हर जगह रेंगते हुए नज़र आते थे। वह कीड़े कब के ग़ायब हो चुके हैं, जैसे कि उन दिनों की बहुत-सी और चीज़ें भी। मेरी बहन और मैं अपने भाइयों के पीछे लगी रहती थीं, उनके गुलेल से शहीद हुई गिलहरियों और गौरैयों की क़ब्रें बनाती हुई।

कभी-कभार हमारे पिता हमें अपनी 'स्टूडीबेकर' गाड़ी में सिविल लाइंस ले जाते थे, 'क्वालिटी' में आइसक्रीम के लिए। स्टूडीबेकर लम्बी-सी गाड़ी थी और वह उसे स्टार्ट करते तो वह हवाई जहाज़ की तरह ज़ोर से आवाज़ करती थी। इक्जौस्ट पाइप से निकले तेज़ हवा के झोंके में सूखे पत्ते इधर-उधर भागने लगते थे और हम गाड़ी के चलने का इन्तजार करते बैठे रहते। पीछे की सीट के नायलॉन पर हमारे बाल चिपकते और छूटते तो उनमें से बिजली के करंट जैसी आवाज़ निकलती जिसका मज़ा मेरी बहन और मैं बार-बार लेते। 'क्वालिटी' के बैरे शफ़्फाफ़ सफ़ेद वर्दी और लाल पगड़ी पहनते थे, धीमे शायस्ता लहजे में बोलते थे। सिविल लाइंस में तब दुकानों की दो या तीन क़तारें भर थीं। कुछ दफ़्तर और इक्का-दुक्का रेस्तराँ। 'गज़दर' अपने हरे-भरे लॉन के फैलाव के साथ अहम जगह पर था। शाम को शहर के सज्जन वहाँ 'ड्रिंक्स' के लिए जाते थे और वहीं पर मेरे पिता ने मुझे आठ साल की उम्र पर बियर का पहला ग्लास पेश किया था। वह झाग से उफनता, एकदम कड़वा था।

हम स्कूल के लिए सुबह साढ़े आठ बजे रवाना होते थे। एक रिक्शा हमारे लिए महीने के हिसाब से तय कर दिया गया था। रिक्शेवाले के दाँत

कुछ बाहर को निकले हुए थे जिससे ऐसा लगता कि वह बराबर हँस रहा है ! स्कूल जाती हुई सड़क के दोनों तरफ़ इमली के बहुत पुराने पेड़ थे। अकसर हम रिक्शा रुकवाकर पहुँच से बाहर लटकती स्वादिष्ट इमलियों पर ढेले चलाया करते। सबसे ऊँचे ढेले चलाने का एक कॉम्पटीशन-सा हो जाता और हमें स्कूल के लिए देर हो जाती। हमारा स्कूल अंग्रेज़ी माध्यम का 'कॉन्वेंट' था और वहाँ की 'नन' लोगों का कड़ा अनुशासन रहता था। स्कूल पूरा चलता रहे तो भी इतना शान्त रहता था कि छोटी-से-छोटी आवाज़ स्कूल के गलियारों में गूँज उठती थी। फाटक पर ही मदर जो-ऐना के साथ मुठभेड़ के ख़्याल से हम आतंकित रहते थे। उनकी ज़बान तेज़ाब की तरह तेज़ थी और उनके पास एक नुकीली छत्री थी जिसे वह ज़्यादा ज़िद्दी छात्राओं के संशोधन के लिए अस्त्र की तरह इस्तेमाल करती थीं। जिन दिनों हम उनके पहरे से बच निकलते, हम चैन की साँस लेते थे।

स्कूल के पाठ रुटीन तौर पर होते थे; ढेर सारा लिखने का काम जिसमें विराम और अर्ध विराम तक हमें बताए जाते थे। नज़्में रटनी पड़ती थीं, और उन्हें लगभग गा-गाकर सुनाना होता। व्याकरण में कविताओं की पंक्तियाँ या पूरे पैरे की पदव्याख्या करनी पड़ती। यह काफ़ी नीरस था पर कभी-कभी पंक्तियों की सुन्दरता से मैं अचम्भे में पड़ जाती।

लड़कियाँ शौचालय को 'परीख़ाना' कहती थीं। यह एक बोसीदा, सुरमई रंग की सीमेंट की इमारत थी जो क्लासरूमवाली मुख्य इमारत से अलग थी। उसमें दाखिल होते हुए सतर्क रहना पड़ता था कि पैर किसी गन्दी, गीली या गिजगिजी चीज़ पर न पड़ जाए। बल्कि कोशिश यह रहती थी कि उसमें दाख़िल होना ही न पड़े। इतने सालों बाद मुझे यह परियों का घर इसलिए याद है क्योंकि मेरी एक सहेली को इस 'सुखद' इमारत की दीवारों पर 'गन्दी' बातें लिखने के आरोप में स्कूल से निकाल दिया गया था।

हमें खाने की छुट्टी का इन्तज़ार रहता था। हम सब भाई-बहन सेंट जोसेफ़ गिरजे की चौड़ी घुमावदार पत्थर की सीढ़ियों के पास बैरे का बेसब्री से इन्तज़ार करते जो हमारा खाना लेकर आता था। बैरा वह नौकर था जो घर के 'ऊपर' के काम के लिए रखा गया था। हम लोगों के लिए तो वह हमारे खाने का वाहक था; गर्मागर्म खाना जो हमारी माँ टिफ़िन कैरियर में हमारे लिए भेजती थीं। बैरा साइकिल पर आता था, उसका पैजामा जो

टखनों पर तार की कड़ियों से कसा हुआ रहता, हवा में गुब्बारे की तरह फूल जाता और उसके गंजे सिर के किनारे-किनारे उगे हुए बालों के गुच्छे उसके चेहरे को एक ख़ास तरह की मुअतबरी दे देते थे। हम उसे विलियम शेक्सपियर कहते थे, क्योंकि उसकी शक्ल महान नाटककार से बहुत मिलती थी।

दिन-भर हमारे यहाँ उस्तादों के आने का सिलसिला जारी रहता था। अब गिनती हूँ तो यह सिर्फ़ तीन ही थे, अलग-अलग समय पर, मगर एक के बाद एक। केदारनाथ हमारे कथक नृत्य के टीचर थे। वह एक कलाई पर स्टील का कड़ा पहनते थे; एक नाटे-से आदमी जो हमेशा पान चबाया करते थे। जैसे ही मेरी बहन और मैं स्कूल से लौटते और अपनी-अपनी कहानी की किताब लेकर, सबसे आरामदेह कुर्सी के लिए झगड़ने के बाद बैठ जाते, उनके खँखारने की आवाज़ बाहर से सुनाई देती और हमें बेमन से नाच के कमरे की तरफ़ जाना पड़ता। नाच के 'स्टैप' बताते वक़्त हमारे उस्ताद अपने पैरों से आश्चर्यजनक आवाज़ें निकालते थे, मगर हम अपने पैर कभी उतनी सफ़ाई और ज़ोर के साथ नहीं चला पाते।

कभी-कभी वह सिगरेट के डिब्बे से निकली रुपहली पन्नी से छोटी-छोटी प्यालियाँ इजाद करते थे। इन प्यालियों के पेंदे पर चूना लगाकर वह कमरे की छत पर फेंक, उन्हें वहाँ चिपका देते थे। प्यालियों के लिए पन्नी मोड़ना और उन्हें छत पर चिपकाना एक पेंचीदा काम था और उसे करने के लिए होशियारी की ज़रूरत थी, चूने की सही मिक़दार और ऊपर फेंकने की कला में महारत। मास्टर साहब का क़द देखते हुए, यह आसान काम नहीं था और डांस का पूरा समय ले लेता। अब यह मनोरंजन का अजीब-ओ-ग़रीब तरीका मालूम देता है, पर तब वह एकदम स्वाभाविक लगता था। बल्कि हम उन दिनों का इन्तज़ार करते थे जब मास्टर साहब ऐसे हल्के-फुल्के मूड में होंगे। बाक़ी दिन तो ऐसे भी थे जब नाचना दर्दनाक तरह से ऊबाऊ लगता और उससे बचने के लिए कभी हम झाड़ियों में छुप जाते थे। कुछ सालों बाद कथक नृत्य की जगह शास्त्रीय संगीत ने ले ली, फिर स्कूल के इम्तहानों के दबाव ने उसे भी ख़त्म करवा दिया।

मौलवी साहब को घर के पीछे बने क्वार्टर में रहने की जगह दे दी गई थी। इसका मतलब था वह कभी भी पढ़ाने के लिए धमक पड़ सकते थे और हमें लगता था जैसे कि हमेशा ही पढ़ने का वक़्त है। उनका नाम

तालिब जयपुरी था और वह हमें उर्दू पढ़ाते थे। वह एक सिकुड़े-झुके हुए बूढ़े-से व्यक्ति थे जो शेरवानी पहनते थे और सीधे-से लगते थे मगर बाद में हमने जाना कि वह उँगलियों पर अपनी पेंसिल से कसके मार सकते हैं अगर उनकी मर्ज़ी मुताबिक काम न किया गया हो। उनकी मृत्यु हो गई जब अनचक्के में उन्होंने अपने कमरे में जलते मिट्टी के तेल के लैम्प को उलटा दिया और आग फैल गई। एक महीने बाद, गर्मी की छुट्टियाँ ख़त्म होने पर जब हम रानीखेत से लौटे तो हमें उनकी शेरवानी जो न जाने कैसे इत्तेफाक से आग से बच गई थी, एक लोहे की खूँटी पर टँगी हुई मिली।

हमारे फुर्सत-भरे दिनों में कुछ ख़ास नहीं होता जो असाधारण था। लेकिन कभी-कभी कुछ ऐसा हो जाता जो लोगों के दिमाग़ पर छाया रहता। एक ऐसी घटना थी 'चमत्कारी चपाती' वाली। यह एक चपाती के आकार की खुम्भी थी जो चाय में भिगोए जाने पर रात-भर में अपने ऊपर एक और 'चपाती' उगा लेती थी और चाय में रोग हरनेवाली विशेषताएँ प्रदान कर देती थी। कोई जान नहीं पाया कि इसके पीछे किसका शोध है पर एकाएक हवा कहानियों से भारी हो गई कि उस चाय को पीने से कैंसर और अन्य भयानक बीमारियाँ भी ठीक हो जाती हैं।

अख़बारों के पहले पन्ने पर उसकी तसवीरें निकलने लगीं और जल्द ही 'चपाती' हर घर में पहुँच गई। हमारे घर भी पड़ोसी के यहाँ से चपाती आ गई और मेरी माँ जो मधुमेह की रोगी थीं, इंसुलिन की सुइयों से छुटकारा मिलने के सपने देखने लगीं। मेरे पास ठीक करने के लिए आँखों की कमज़ोरी के अलावा कुछ नहीं था। मैंने उस घिनौने फफूँद को बढ़ते हुए एक मन्त्रमुग्ध घृणा के साथ देखा। आज तक जब भी मैं उस खुम्भी के ठंडे लिजलिजे-से स्पर्श को याद करती हूँ तो बदन पर झुरझुरी-सी दौड़ जाती है। वैसे उसके चलते कोई चमत्कार नहीं हुए और चपाती उसी तरह अचानक ग़ायब हो गई जैसे वह आई थी। एकाध महीने बाद वह किसी को याद भी न रही और लोगों का ध्यान दूसरी ज़्यादा मनोरंजक चीज़ों की तरफ़ मुड़ गया।

गर्मी की रातों में हम बाहर सोते थे। हमारे पलंग महुए के नीचे एक क़तार से लगा दिए जाते थे, मसहरी समेत, जिसकी वजह से उन्हें देखकर लगता था कि अजीब से चौकोर आकार के जहाज़ों का समूह समुद्र पर चला जा रहा है। बिस्तर की चादरें सफ़ेद और चाँदनी-सी ठंडी रहती थीं। भोर

में, अँधेरे मुँह, महुए के पक्के फल शानदार पेड़ की ऊँची डालों से हल्के-से टपकते थे। उनको बटोरने की नौकरों में बारी लगती थी। वे उसकी देशी शराब बनाते थे। कभी-कभी हम मसहरी के अन्दर अपने को मच्छरों के साथ फँसा हुआ पाते थे, वही मच्छर जिनको बाहर रखने के लिए मसहरी लगाई गई थी। तब वह हल्के पखोंवाले जीव खून से भरकर लद्धड़ हो जाते थे, मसहरी के किनारों पर सुबह तक बैठे हुए।

साल में दो-तीन बार हमारी नानी बनारस से आती थीं। वह शिया मुसलमान थीं और अपने मज़हब के सारे तौर-तरीके बड़ी लगन के साथ अपनाती थीं। उनके बारे में आज सोचकर अजीब लगता है, जब सभी चीजों को एक ही घिसे-पिटे ढाँचे में ढाल दिया जाता है और लोगों को भी सुविधा के हिसाब से अलग-अलग डिब्बों में। मैं कोशिश भी करती तो ऐसा साँचा नहीं ढूँढ़ पाती जिसमें वह सही-सही बैठ जातीं। हम लोग अम्मी पर फ़िदा थे। उनके आने का हम बेताबी से इन्तज़ार करते थे और जिस दिन वह आने को होती, पूरे घर में हलचल-सी मच जाती। मुझे चिलचिलाती गर्मी की एक दोपहर याद है जब वह आई थीं। उनको अभी बुर्का,जो वह अमूमन बाहर जाते वक़्त पहनती थीं, उतारने का वक़्त भी नहीं मिला था, कि यह जानने के लिए आतुर कि वह कब तक हमारे पास रहेंगी, बल्कि उनको और ज़्यादा रोकने के लिए हममें से किसी ने एकदम से पूछ लिया—"अम्मी आप कब जाएँगी ?"

"बेटा, तुम कहो तो इसी वक़्त चली जाऊँ !" उन्होंने फ़ौरन जवाब दिया था।

उनकी लोकप्रियता के कारण थे। उनकी रोबीली, आकर्षक शख़्सियत और हाजिरजवाबी अजनबियों तक पर जादू डाल देती थी। उनको देखकर यक़ीन हो जाता था कि हिन्दुस्तानी औरतें, कम-से-कम सभी नहीं, ऐसी कमज़ोर और अबला नहीं थीं जो उन्हें समझा जाता था। जिस्मानी तौर पर ताकतवर, वह अकेले चूल्हे पर से बड़े-बड़े पतीले उतार लेती थीं जिनमें मुहर्रम के दिनों में सौ अदद लोगों के लिए खाना पकता था। जब वह ज़्यादा बूढ़ी हो गईं तो इस काम के लिए दो नौकर लगाए जाने लगे।

अपनी कढ़ाई में सुन्दर आकार बनाने और कहानियों में किरदारों को गढ़ने में उन्हें एक जैसी महारत हासिल थी। वह देर रात तक हमें कहानियाँ सुनाया करतीं और हम मन्त्रमुग्ध रह जाते थे, उनकी गूँजती हुई आवाज़ हमें

किसी तिलिस्मी भूलभुलैयाँ में से पुकारती रहती थी। वही वज़नदार आवाज़ मुझे याद है भोर के सुरमई आसमान में फैलती हुई, जब वह क़ुरान की आयतें पढ़ती थीं। पछत्तर साल की उम्र में, रामायण और महाभारत पढ़ने के लिए उन्होंने देवनागरी लिपि पढ़ना सीखा। उनकी शख़्सियत में आपस की विरोधी चीज़ों से हम ताज्जुब में पड़ जाते थे; उनकी साफ़ उर्दू जबान पर जो गुस्सा आने पर एक संरचनात्मक गाली-गलौज में बदल जाती थी जिसे सुनकर नौकर-चाकर तक शर्मा जाते थे। उनके बाहर निकलते वक़्त बुर्क़ा पहनने पर और उनके बीड़ी पीने पर हमें ताज्जुब होता था, वह बीड़ियाँ जिन्हें वह बड़ी शालीनता के साथ हमें जलाने की इजाज़त दे देती थीं। उस बीड़ी का एकाध कश भी हम ले लेते तो उन्हें एतराज़ नहीं होता।

साल में एकाध बार हम बनारस तक सफ़र करते थे। 'छोटी लाइन' की रेल से तीन घंटों का सफर हमारे चेहरों पर धुँआ और कालिख उड़ाती हुई, छुकछुक करती रेलगाड़ी इस दूरी तो तय करती थी। रास्ते में हर छोटे सोए हुए-से स्टेशन पर रुक जाती और अगर वह मनमाने ढंग से एकाध स्टेशन छोड़ देती तो रेल पर कोई-न-कोई ऐसा होता जिसे उसी स्टेशन पर उतरना होता और वह 'चेन' खींचकर गाड़ी वहाँ रुकवा देता। सुबह की गाड़ी में खड़खड़ाते कनस्तरों में दूध लिए दूधवाले चढ़ जाते और विद्यार्थी जो रेल के अन्दर साइकिलें ले आते जिससे पहुँचने पर उन्हें आने-जाने में आसानी रहे। हर स्टेशन पर पीपल या बरगद का पेड़ ज़रूर होता, अकसर उसके नीचे साधू बैठा होता। स्टेशनों के नाम में एक अजीब-सी प्रतिध्वनि थी और मैं एक रसिक की तरह उनको अपनी ज़बान पर लुढ़काती : हंडिया, जंगीगंज, राजा तालाब, मँडुवाडीह। उनमें कुछ था जो मुझे गीली मिट्टी और समोसों की याद दिलाता था।

हमारा बनारस का घर दो सौ साल पुराना था और उसकी छत के नीचे नवाबों की कई पुश्तें रह चुकी थीं। अम्मी की कहानियों में इन ख़ब्ती नवाबों का अकसर ज़िक्र रहता था और उनमें से कई तो ऐसे विचित्र थे कि उनसे, अगर वह अब भी होते, तो हम मिलना न चाहते। मगर उनमें से अब कोई नहीं बचा था। अन्दर के सहन की दीवारों पर पुरानी मधुमालती की बेल में हज़ारों गौरैयों ने घर बना लिए थे और भोर में उनके शोर-भरे चहचहाने से गहरी नींद भी टूट जाती थी। बेल को हिलाने पर वह पंखों की ज़ोरदार फड़फड़ाहट के साथ आसमान में उड़ती थीं, लगता था सारा सहन उनके

साथ उड़ा जा रहा है।

दीवारों पर पुरानी तसवीरें टँगी थीं। मेरे परनाना जिन्होंने अंग्रेज़ पादरी की बेटी से शादी की थी; उनका बेटा हॉरेस जो अगर ब्रिटेन में ज़िन्दा हुआ तो पचासी साल का होगा, हिन्दुस्तानी पोशाक में उनकी बेटी जो तेरह साल की उम्र में मर गई थी, क्रूर कामरान चचा, पूरे खानदान में सबसे सख़्त। तसवीरों में कल आज के ऊपर छाया हुआ था, बीते हुए लोगों की तादाद उनसे ज़्यादा थी जो ज़िन्दा थे। घर की चीज़ों की अपनी कहानियाँ थीं। मैंने उस ओखली को देखा जिसमें मेरी परनानी ने अपनी अँगूठी रो गिरे हीरे को सुपारी समझकर कूट डाला था। कुछ अंग्रेज़ों के ज़माने की रकाबियाँ अभी भी मौजूद थीं। उनमें दोहरे पेंदे थे जिनमें गर्म पानी भरकर खाना गर्म रखा जा सकता था। ख़ब्ती पूर्वजों की लापरवाही के बावजूद यह घर में बची रह गई थीं।

और कहीं इस बनारस के आगे, जिसे हम जानते थे, एक और बनारस ज़िन्दा था जिसमें बाज़ार और गलियाँ थीं और नदी के सैकड़ों घाट जिन पर फूस के छाते लगे हुए थे। मुड़ी सींगोंवाले बुड्ढे बकरे थे, सिर मुँड़वाए हुए विधवाएँ, विदेशी हिप्पी और तेल से चुपड़े पहलवान जो भोर में नदी में कूद पड़ते थे। कभी हम इस बनारस भी जाते थे। बल्कि दादी अम्माँ यहाँ गोदौलियावाले मकान में रहती थीं। वह एक बड़ी-सी लाल रंग की इमारत थी जिसके दूसरे तले पर वह रहती थीं। इस मकान में नक्काशीदार लोहे के जंगले लगे थे और खिड़की-दरवाज़ों पर हरे रंग के शटर। घर के ज़्यादातर कमरे बन्द पड़े रहते थे। बाल्कनी के नीचे गहमागहमी से भरी सड़कों को दूर से, बिना कुचले जाने के ख़तरे के, देखा जा सकता था।

दादी अम्माँ नाज़ुक स्वास्थ्यवाली छोटी-सी स्त्री थीं। वह महात्मा गांधी से प्रभावित रही थीं और आज़ादी के पहले के क्रान्तिकारी दिनों में जेल जा चुकी थीं। वह खादी की सफ़ेद साड़ी पहनती थीं और गोल आकार के चश्मे के फ्रेम के पीछे उनकी आँखें मोतियाबिन्द से कंजी हो गई थीं। उनकी आदतें एकदम सधी हुई थीं और वह हाथ बार-बार धोया करती थीं। हमारे लिए वह चमचम मँगवाती थीं, स्वादिष्ट रसीले चमचम जिन पर चीनी के कण चिपके रहते थे। सुना था दादी अम्माँ हमारे दादा पर काफ़ी हुक्म चलाया करती थीं। अब उन्हें देखकर यह यक़ीन करना मुश्किल था।

हर गर्मी में, जब तक मैं नौ या दस साल की थी, हम रानीखेत या मसूरी

जाया करते थे। उत्तर प्रदेश का समतल इलाका पार करते हुए, पहाड़ों तक का सफ़र आसान नहीं था, यह देखते हुए कि हमारी पूरी गिरस्ती साथ जाती थी। हमारे पिता हमें स्टूडीबेकर में ले जाते थे और स्टूडीबेकर के ख़रीदे जाने से पहले उस पिक-अप में जिसे मेरे भाइयों ने किसी शर्त के चलते खड्ड में लुढ़काने की कोशिश की थी। पतीलियाँ, कढ़ाइयाँ और केतलियाँ साटन की रज़ाइयों और चादरों के साथ सफ़र करतीं; किताबें, खिलौने, कैनवस के रोल और 'विंसर न्यूटन' रंग के डिब्बे चावल और दाल के कनस्तरों पर टिके रहते। तोता अपने पिंज़रे में जाता और सीज़र, हमारा सनकी एलसेशियन कुत्ता चेन पर। पहाड़ों के लिए हमारा प्रस्थान कोई छोटा-मोटा नहीं होता था।

पहाड़ों में घरों के ज़्यादातर अंग्रेज़ी नाम होते थे—'मैक्वायरी,' 'क्लाइड बैंक,' 'रोज़माउन्ट,' 'ओकले'। हम 'ओकले' में सबसे ज़्यादा रहे। घर लकड़ी का बना हुआ था, तिमंजिला, और ओक और चीड़ के पेड़ों से ढकी हुई काफ़ी ज़मीन। ज़मीन की एक हद पर छोटा-सा कॉटेज बना हुआ था जिसमें चित्रकार रामकुमार अपनी पत्नी और तीन महीने के बेटे के साथ रहते थे। हम बीचवाली मंजिल में रहते थे और हमारे नीचे मिस्टर हॉलपिन, जो एक बूढ़े-से अंग्रेज़ थे। वह सिर पर 'बोलर हैट' पहनते थे और घर पर पनीर बनाते थे। अर्धचन्द्र, गोल और चौकोर, हर आकार की पनीर, लाल मोम चिपकी हुई ओर छेदवाली पीली पनीर; उनकी आलमारी में दिमाग़ बौखला देनेवाली पनीर की किस्में थीं।

मिस्टर हॉलपिन ने सबसे बड़ीवाली गोल पनीर को हाथ में लिया और मेरी तरफ़ देखा तो उनकी आँख में चमक थी। "सारा ?" वह इस एक शब्द को कहकर रुक गए जैसे उन्हें किसी बहुत अहम सवाल का हल ढूँढ़ना हो। फिर, जैसे उन्हें उस सवाल का जवाब मिल गया हो, वह बोले, "आह ! सारा दुनिया ! द होल वर्ल्ड !"

उन्होंने मेरे हाथ में पनीर पकड़ाई कुछ इस अन्दाज में, जैसे वह मुझे सारी दुनिया दे रहे हों।

मैंने उसे शिष्टता के साथ क़ुबूल किया, सारी दुनिया पा जाने की खुशी के साथ, जबकि मुझे ज़रा भी नहीं मालूम था कि सारी दुनिया का मैं क्या करूँगी।

(मूल अंग्रेज़ी से अनूदित)

●●●